꽃신

일러두기

이 책은 소설가 김용익이 국내에서
발표한 작품 중 가장 마지막으로
출간된 판본을 기준으로, 개정된
현재의 한글 맞춤법에 맞춰
엮었습니다.

서종택 고려대 명예교수,
<김용익 문학의 서지 연구>를 발표한
김민영 님, 박우권 통영예술의향기
회장, 김영화 한산신문 편집국장,
김용익 작가의 유가족 등 많은 분들의
도움으로 만들어진 책입니다.
깊은 감사의 마음을 전합니다.

꽃신

김용익 소설집 1

남해의봄날 ◆

꽃신

The Wedding Shoes

그래도 나는 시장에서 노인의 앞 판자 위에 놓인 꽃신을 보다가 오고 또 오곤 했다. 앞으로는 다시 오지 않으리라는 결심이, 올 때마다 이 시장 모퉁이에 더 오래 있게 한다. 다시 오면 꽃신이 한 켤레씩 눈에 띄지 않았지만 사려고 머뭇거리는 사람은 볼 수 없었다. 슬퍼서는 안 될 일이 슬프게 되어 버린 어떤 결혼의 내 추억처럼 꽃신을 사가는 사람은 눈에 잡히지 않았다. 지금 저 판자 위에 꽃신 다섯 켤레만이 피난민으로 가득 찬 시장의 공허를 담고 있다. 그것이 다 팔려 가기 전, 한 켤레 신발을 위해 돈주머니를 다 털어 버리고 싶지만 결혼 신발 아닌 슬픔을 사지나 않을까 두렵다.

늦가을 채소 장수와 외롭고 미신을 좇는 얼굴을 보며 중얼거리는 점쟁이 사이에 앉은 신장수, 시장에 햅쌀을 찾아다니던 그날 나는 이 노인을 보고 가까이 다가갔다. 내가 부산에 오기 전, 우리 집 울타리 뒤에 살던 신집(靴

店) 사람이라 알았을 때 걸음은 멈춰졌다. 전쟁을 피해 꽃
신을 메고 온 그의 모습이 눈에 선하다. 가슴이 철렁하고
쓰라렸다. 나는 원한에 찬 말을 마음으로 울부짖었다.

"삼 년 묵은 빈대가 탄다면 세 이웃이 불타도 좋다!"

신집 사람─그의 딸에 대한 청혼을 거절하고 저희 세업
(世業)을 자랑하며 백정인 우리를 모욕하던 그 입, 슬픔
이 복받쳐 굳게 주먹이 쥐어진다. 신집 부인이라면 인사
를 했을지 모르지만 저 노인에게 내가 인사를 하다니, 결
코. 그의 집에 갔었던 날이 어제같이 생생하다. 못자리에
비친 그림자처럼 언제나 내 마음에 그림자를 던져 주었고
어디를 가든 그 일은 내 눈앞에 선하다.

별안간 비바람이 불던 다음 날, 마을을 둘러싼 네 개의
언덕과 푸른 하늘 사이에 공기는 맑고 풍성하여 꿈꿀 수
있는 그 거리, 농부들이 황금빛 새 짚으로 단장한 마을 초
가들은 젊고 매끄럽게 보였다. 우리 집 처마 끝에 집을 짓
고 사는 시끄러운 참새들이 수수밭으로 날아가기 전, 이
른 아침 아버지는 암소를 사러 부산으로 떠났다. 그날 아
침 농부 몇 사람이 자식들 혼인날에 쓸 갈비, 쇠대가리 등
을 구하러 왔었다. 그들은 밭 너머 저편에 있는 사람에게

얘기하듯 경쾌한 목소리로 떠들어 댔다. 모두 중매쟁이 입에서 나온 듯싶은 좋은 얘기만 하면서 아들, 혹은 딸 사돈이 될 집안 자랑을 하고 있었다.

"우리 혼인날 다음에 메뚜기가 짝을 지을 거요."

늙은 농부가 말했다.

"햅쌀은 났고 설렁설렁한 바람이 두 사람을 이불 속에 몰아넣을 거요. 잔치 음식은 쉬지 않지, 온 마을 사람은 잔치에 왔다가 달이 훤한 언덕을 넘어 돌아갈 때 장고 같은 배를 두들기며 우리 신랑 신부 잘 살라고 노래하겠지."

그들은 해가 언덕과 하늘 복판 사이에 걸려 있을 때까지 말하고 있었다. 떠날 때 그들은 신집 지붕에 누운 커다란 호박을 보고 하는 말이, "호박이 너무 커서 지붕이 내려앉지나 않을까?"

몇 해 이엉을 갈지 않아 빛깔이 거무칙칙하고 호박의 무게도 겨워 보였다.

농부는 말을 이었다.

"우린 풋고추 시절에는 꽃신 없이 혼인 못할 거로 알았지. 우리보다 자식 놈들이 더 똑똑하다 생각지 않소? 그놈들은 돈 먹는 꽃신보다 고기를 사라 하니."

우리 집은 조용해졌다. 어머니는 그들이 떠들지 말았으

면 했다. 그들이 와서 자식 혼인 얘기를 하고 가는 날이면 신집 사람은 술을 마시고 밤늦게 돌아와 온 동리를 잠 못 이루게 했다. 나는 왜 그가 상심해 하는지 알고 있다. 꽃신을 맡기러 가는 사람이 거의 없기 때문이다.

그가 젊었을 시절 아니, 몇 가을 전만 해도 농부들은 꽃신부터 맞추러 갔었다. 농부들은 신집에서 중매쟁이 말을 하며 쌈지의 담배가 다 떨어져야 겨우 일어섰다. 그러고 나서 그들은 울타리 너머 우리를 불러 고기가 얼마 필요하다는 말을 건넸다. 마을 아낙네들은 곧잘 찾아와 신집 사람에게 누가 꽃신을 맞췄는지 그가 들은 얘기를 묻곤 했다. 신집 사람은 마을 일을 다 알고 있었다. 어머니는 손님을 기다리면서 한숨 쉬고 부러워했다.

"신집 문턱은 손님들 발로 닳아빠지는데……."

이제는 해마다 울타리 너머로 신집 찾는 손님이 적어졌다. 그것은 오래전 일이 되었다. 그 대신 그들은 우리 집에 와서 고기를 주문하며 혼인 얘기를 했다.

그날 무엇이 나를 구혼하러 가게 했는지. 붉고 거무스름한 단풍잎 사이의 살랑 부는 가을바람 탓일까? 아름다운 하늘빛 탓일까? 결혼 얘기에 내 마음이 설렌 탓일까?

아마도 화사한 그날을 엮을 오색 무지개 가락이 오랜 세월 머뭇거렸던 내 발길을 그 집으로 돌려놓았을 게다. 신집은 그 앞에서 마을 아낙네가 '엎어지면 코 닿을 곳에 백정네 집이오' 하고 나그네에게 가르쳐 줄 만큼 가까웠다. 그러나 구혼할 것을 생각할 때 신집은 언덕 너머로 물러가 버린다. 내 마음은 여러 해를 걸쳐 많은 언덕을 넘어왔으며, 그날 저녁 마침내 목적지 가까이 닿은 것이다.

신집 딸은 어느 일갓집 부엌 아이로 가고 없었다.

신집 사람도 출타 중이었고, 그의 부인이 고추를 따면서 인사했다. 처음에 내 마음을 이야기하기 전 다른 말을 해야겠다 생각했다. 그러나 내 목은 메어 말이 나오질 않았다. 부인의 빠진 볼에는 문 앞에 빚쟁이가 왔을 때 볼 수 있는 슬픔을 띠고 가을 햇빛 아래 있었다. 드디어 나는 빚진 돈 때문에 온 것이 아니라는 말을 했으나 다음 말이 안 나왔다. 숨 막히는 몇 순간이 흘렀다.

"따님한테 장가들겠소!"

소리쳤다. 나는 부인을 바라보지 못했다. 아이 아버지와 상의하겠다는 말이 들려왔다. 나는 눈을 들었다. 부인의 얼굴에는 기쁜 응낙이 있었다. 다음, 부인이 무슨 말을 했는지 기억할 수 없다. 그 자리를 떠났을 때 나는 부인의 행복스런 얼굴에 모든 내 감정을 담은 눈을 남겨 놓고 온 느낌이었다. 집에 돌아와서 어머니에게 말했을 때 그는 자신 있게, "요다음 네가 그 집을 찾아가면 신집 사람은 한 바짓가랑이에 두 다리를 끼고 서둘며 널 맞이할 게다."

그날 밤 잠을 못 이루었다. 나는 신집 사람이 돌아왔는지 알려고 여러 번 들락거렸다. 서리 맞은 낙엽과 귀뚜라미 울음 속에 나는 내 생애의 가장 찬란한 순간을 예고해 줄 그의 발소리를 기다렸다. 언덕 위의 반짝이는 별들이 어찌나 가까이 보이던지 연이 닿을 것만 같았다.

나는 내 결혼의 방해가 될 아무것도 생각할 수 없었다. 이웃사촌이라면 그들이야말로 가장 가까운 사촌이겠지. 두 집 담 사이에 자란 표주박은 싸움 없이 나누었고, 아버지는 내가 기억할 수 있는 예부터 신집에 쇠가죽을 팔아 왔다.

요즘에 와선 코 높은 그는 오지 않고 부인을 보내서 다음 달에 돈을 갚을 테니 쇠가죽 한 감을 팔라 했다. 우리는 지불할 능력이 없음을 알면서도 두 켤레 신발을 만들 수 있는 쇠가죽을 가져가게 했다.

신집 사람은 신발 재료가 없어지면 흥겨운 노래도 슬픈

가락으로 투기며 술이 취해 밤중에 돌아와서 마을 사람들을 깨웠다. 신집 부인은 길에서 내 부모를 우연히 만나면 별안간 엉뚱한 동리 소문을 얘기하고 도망치듯 가 버린다. 부인은 빚 얘기를 꺼낼까 봐 그랬던 것이다.

신집 사람은 나를 좋아했다. 내가 울타리 높이만큼 클까 말까 했을 때 그는 일방(工房)에 흩어진 줄, 끈, 바늘 따위를 치우고 나와 그의 딸의 자리를 마련해 주었다. 그가 쇠가죽 바닥에 둥근 은빛 못을 박고 화려한 비단에 풀칠하여 붙이고 신발에 알맞은 빛깔의 장식을 하는 것에 나는 정신이 빠졌다. 그는 언젠가 나에게 이런 말을 했다.

"네가 커서 장가들 때는 너하고 너의 신부, 중매쟁이를 위해 제일 예쁜 꽃신을 만들어 줄게."

다시 어느 날 그는 내 얼굴을 한참 보고 있다가 자기 딸을 힐끗 쳐다보며, "상도야, 너는 얼굴이 깨끗하고 잘생겨서 장차 중매쟁이 신발이 닳아지지 않겠다. 그러나 신부집 부모는 중매쟁이가 나서기를 바란단다. 그 은방울 같은 구수한 이야기가 부모들 마음을 흐뭇하게 해 주거든."

그의 눈은 꽃신 쪽으로 내려갔으나, 미소를 머금은 입은 나를 향하고 있었다. 언제나 나는 신랑, 신부, 중매쟁이 얘기를 하는 그의 비뚤어진 입에 마력을 느꼈다. 그때 그

13

는 한 달에 꽃신, 적어도 신랑, 신부, 중매쟁이의 꽃신 세 켤레를 만들어 생활했다.

그의 딸과 나는 훗날 언덕을 두 개 넘어 학교에 같이 다녔다. 신집 사람은 딸에게 꽃신을 신겨 학교에 보냈다. 그녀만이 꽃신을 신었기 때문에 다른 애들처럼 뛰지 못하여 그는 가끔 꽃신 신기를 좋아하지 않았다.

신집 사람은 담뱃대를 물고 한 켤레의 신발을 내밀며,

"상도야, 옥색 비단과 빨간 치레가 예쁘지 않어? 내 딸이 이걸 신으면 더 예쁘지."

나는 진심으로 고개를 끄덕였다. 내가 만일 여자로 태어난다 할지라도 꽃신 신는 것 이외 좋은 일이 있을 성싶지 않았다.

마을 아낙네들은 부처님처럼 그녀 눈 사이에 난 사마귀와 볼의 보조개를 보고 남자깨나 끌겠다 했지만, 나는 그녀의 얼굴을 생각해 본 적이 없고 다만 그녀가 신은 꽃신을 좋아했다. 그녀는 발이 부르틀까 봐 흰 버선을 신었는데 학교로 가는 좁은 길에서 나는 가끔 그녀보다 뒤져 가며 꽃신에 담긴 흰 버선발의 오목한 선과 배(木船) 모양으로 된 꽃신을 바라보았다. 그 선은 언제나 달콤한 낮잠을 자고 있는 느낌을 주었다.

비가 온 다음 날 물이 괸 길에서 나는 그녀를 업고 넘어지지 않으려 애썼다. 그녀는 청개구리처럼 등에 꼭 매달렸는데 나는 내 허리 양 켠에서 흔들리는 꽃신을 얼마나 사랑하였던가.

내가 진급하자 차츰 신집 사람을 보기 힘들었다. 나는 집 밖의 일에 관심을 갖게 되었고 신집 사람도 결혼에 대한 이야기를 별로 하지 않았다. 내가 누구 신발을 만드느냐고 물어도 그는 입을 봉하고 말이 없었다. 그의 비뚤어진 입은 깊은 상심을 나타내고 있어 가까이할 수 없었다. 하루는 그 입이 갑자기 열리어 나를 놀라게 했다.

"요즘 혼인은 너무 서둘러서 메뚜기 흘레식이다. 혼삿날에 양화 고무신을 신거든. 내 딸은 고무신을 백날 신기느니보다 단 하루라도 꽃신을 신기겠다."

그때서야 주문도 받지 않고 꽃신을 만들고 있는 것을 깨달았다.

꽃신의 코를 바라보고 있으면 무엇을 보고 있는지, 잊어버린다. 아직 덜 된 꽃신은 점점 커져서 해도 없는 바닷가에 사공 잃은 배가 떠내려가는 것 같았다.

나는 왜 농부들이 저렇게 아름다운 꽃신을 원치 않는지 알 수 없었다. 신집 사람은 목덜미를 붉히며 말을 이었다.

"그놈들은 꽃신 한 켤레 값이면 고무신 세 켤레 살 수
있다고? 난 그들이 고무신 백 켤레 갖다주어도 내 꽃신 한
켤레하고 바꾸지 않을 끼다."

어린 내 마음에도 그가 자꾸 가난해지는 것을 짐작했
다. 오는 여름이면 비가 샐 지붕을 가을이 되어도 갈지 못
했다. 그의 딸이 아주 적은 돈으로 고기를 사러 왔을 때,
나는 얼마나 아버지가 덤을 많이 줄 것을 원했는지—아버
지는 꼭 덤을 주었다.

여름이 다 갔을 무렵 태풍 경고에 설레고 있는데 신집
부인과 딸은 조심스레 꽃신을 한 보따리 싸 가지고 우리
집에 와서 밤을 지새웠다. 그들은 그들 집의 지붕이 날아
갈까 봐 두려워했던 것이다.

봄철 어느 날 그녀가 학교를 그만두고 부엌아이가 된다
했을 때까지 나는 그렇게 딱한 줄은 몰랐다. 나는 그녀에
게 떠나지만 않는다면 집에서 고기를 훔쳐 내겠다고 말하
며 애원했으나 기어코 떠나 버렸다.

그녀는 기와집에서 일하고 있었다. 학교에서 집으로 오
는 길에 나는 그 기와집 옆을 지나지만 안에 들어가지는
못했다. 나는 울타리하고 집 사이에 난 틈에서 발돋움을

하고 목을 뽑아 한 번만이라도 그녀가 마당에 나올 것을 기다렸다. 특히 비라도 심하게 온 다음이면 겨우 꽃신만이 처마 밑에 보인다. 왔다 갔다 하는 꽃신은 공중에 춤추는 것 같아 얼마나 아름다웠나! 나는 기와집에서 내 꽃신을 빼앗아 갔다고 생각했다.

그해 온 봄철 동안 청개구리가 논에서 울 때 나는 그 공중에 뜬 꽃신을 보러 갔다. 그러나 얼마 가지 않아 내가 뜰 안을 기웃거리는 것을 본, 턱이 두 개 있는 기와집 뚱보 영감이 앵두나무를 심어 울타리의 틈을 가려 버렸다. 해가 저물면 마을 집들에 등잔이 켜지듯 소문은 퍼져서 사람들은 나를 보고 빙긋이 웃었다. 열을 띠운 신집 사람은 나에게 이렇게 말했다.

"상도야, 나는 결코 값을 내리지 안 할 끼다. 나는 내 딸에게 부엌에서도 꽃신을 신기겠다. 그리고 딸이 시집갈 때 꽃신을 다 주어 보낼 끼다."

그가 말하는 시집가는 날은 여러 산을 넘어야 할 그런 먼 일로 생각되었다. 나는 실망하며 내가 장가들 날까지 몇 켤레의 짚신을 갈아 신어야 할 것인지. 신집 사람은 굵은 손가락으로 내 턱을 치켜올리고 내 눈을 들여다보며 희망에 찬 듯, "요다음 가을에는 어느 혼가에서 꽃신을 사겠지. 그러면 내 딸도 집에 돌아올 수 있을 거야."

그해부터 앵두꽃은 다섯 번이나 지고 둥근 열매를 맺었다. 그러나 그녀는 돌아오지 않았고 도리어 멀리 있는 다른 집에 가서 일하게 되었다. 이제 내가 청혼했으니 내일 큰 쇠가죽을 가지고 가서 그의 딸을 위해 가장 아름다운 꽃신을 만들어 줄 것을 부탁하리라. 혼인날이면 가마 타는 대신 이웃집끼리니 우리 가족은 집에서 짠 하얀 베를 깔아 꽃신이 그 위를 밟게 할 것이다.

가을밤은 조용히 깊어 갔고 나는 차가운 뜰을 몇 바퀴 돌았는지, 그때 거칠고 취기 어린 신집 사람 목소리가 들렸다. 그는 자신이 만든 비꼬는 노래에 곡조를 실어서 부르고 있었다.

"농부가 나에게 인사를 했다. 가을날이 참 좋군요. 여보 신집 사람, 댁 호박들 잘 자랍니까?"

잠시 후 네모진 미닫이에 그림자가 지나갔다. 신집 부인이 남편을 마중하러 일어났을 거라 생각했다. 몸이 떨렸다. 부인이 남편에게 전할 내 청혼 얘기를 듣고자 나는 울타리에 기대어 귀를 기울였다. 싸움 소리가 들려온다. 미닫이는 바람이 불어서 그런 것처럼 확 열리며 노기 띤 목소리가 튀어나왔다.

"내 딸을 백정네 집 자식에겐 안 주어!"

나는 그 다음 말을 들을 때까지 내 귀를 의심했다.

"백정 녀석에 빚진 게 있다구 내 딸을 홀애비가 부엌뚜기 해먹듯 쉽사리 할려구 했지. 백정 녀석이 중매쟁이 있다는 걸 알리 있나. 내 딸은 일곱 마을에서 가장 훌륭한 꽃신장이 딸이야."

그 말은 그릇이 와그락와그락 깨지는 것 같았다. 부인은 말을 막으려고 미친 듯 소리를 질렀으나 남편의 큰 소리에 눌린다.

"쇠고기 덤이나 좀 있을까 해서 혀끝으로 한 좋은 말이 백정 녀석 마음을 크게 했다. 나는 혼인식 때 신는 꽃신장이다!"

내가 기억한 것은 어머니가 내 팔목을 잡고 허덕이며, "어떻게 하려는 거야."

나는 손에 백정 칼을 들고 대문간에서 떨고 있는 자신을 보았다. 어머니는 칼을 빼앗았다. 나는 어머니가 그렇게 힘이 센 줄은 몰랐다. 어머니의 목소리는 놀랄 만큼 엄했다.

"너는 손톱을 갖고도 남을 해치지 못해. 다른 사람들이 우리 백정을 어떻게 생각하겠니?"

내 심장은 갈퀴로 긁는 것같이 아팠다. 나는 내 팔을 깨물고 그 아픔을 잊으려 했다. 이것이 영원히 잊을 수 없는 쓰라림이라 깨달은 나는 땅을 치고 울었다.

여러 날 나는 집 안에 틀어박혀 처녀가 아이를 밴 것처럼 햇빛을 피하였다. 해가 저물었을 때, 나는 가까운 언덕에 가서 풀밭에 얼굴을 묻고 태산 같은 슬픔에 내가 찌그러지지 않았는가를 의심했다. 여러 사람들이 언덕을 넘어갔다. 어떤 늙은 부인의 흙 묻은, 그 모양 없는 신발에 나는 구역을 느꼈다. 그가 신은 신발도 한때는 꽃신이었던가. 그 신발은 내 가슴처럼 무겁게 움직였다.

가을이 언덕을 넘어 멀리 갔다. 햇볕이 내리쬐는 밭에서, 사방 언덕에서, 나는 가을을 찾아볼 수 없었다. 눈이 와도 놀라지 않을 어두운 날 신집에 들어가는 중매쟁이를 보았다. 이미 밑바닥에 깔린 내 마음은 더 이상 내려앉을 수 없다. 다만 딸의 결혼에 쓸 거라고 쇠고기와 꽃신을 만들 쇠가죽을 사러 올 부인을 보는 것은 참을 수 없다.

어머니는 내 괴로움을 다 알아차렸지만 아버지는 얼마만큼이나 알아차렸을까. 아버지는 부산 쇠고기 시장에 있는 삼촌에게 나를 보내려 했다. 부모는 내가 이 골짜기를 빠져나가기만 하면 마음을 잡고 바람 부는 대로 방향을 바꿀 수 있을 것이라 생각했다. 어디로 가나 여자가 있다는 말을 하려고 애썼다. 아버지는 바로 내게 이런 말을 하지 않았지만, 해가 짧은 겨울에도 걸어갈 수 있는 부산을 향해 떠날 때 그는 애매하게 부채질하는 투로, "도회지 여자들과 바람을 피워라. 그러면 한 여자만 생각하지 않게 될걸."

봄은 동해로부터 부드럽지만 다소 매운 바람을 싣고 부산에도 찾아왔다. 봄바람은 도회지 여자들의 치마를 이리저리 나부끼게 했지만 나는 여자들과 봄바람을 쫓지 않았다.

내 마음은 언제나 어렸을 때 신집 일방에서 꿈꾸던 아름다운 꽃신 곁에 머물고 있었다. 그러나 이상하게 나는 이미 과거에 묻혀 버린 미래의 신부를 그려 볼 수 없었다.

그녀와 그녀의 꽃신은 눈앞에 나타나지 않았다. 나는 언제나 그녀 뒤를 따랐으며 꽃신 뒤축과 그녀의 흰 버선 뒷모양만 바라보았다. 내 마음이 그 뒤를 따르면 그들은 마치 나로부터 멀리 도망칠 운명에 있는 것처럼 고개를 넘고 또 넘어 달아났다. 나의 행복을 담은 꽃신은 결코 똑바로 나를 보고 걸어오지 않았다.

전쟁이 부산에 번져 왔을 때까지 나는 꽃신 뒤축을 쫓는 것을 단념할 수 없었다. 부모는 골짜기 집에서 피신하여 내 곁에 와 살고 있었다. 쏟아지는 피난민, 다들 집 문을 닫았으니, 그들 말대로 길—먼지 많은 거리의 손님이었다. 밀려오는 전쟁통에 농민들은 백정에게 개 값으로 소를 팔았다. 인플레 지전(紙錢)은 나에게 기쁨 없이 나뭇잎처럼 호주머니를 부풀게 했다. 나는 이제 꽃신을 잊었다는 생각조차 하지 않았다.

여름이 추억 하나 남기지 않고 지나갔다. 나는 가을이 다 지나갔을 때까지 가을이 온지도 몰랐다. 추수를 마친 논밭에서 남쪽으로 떠나는 새 떼들 그림자가 내 마음 구석에 옮겨졌다. 그래서 나는 멍청하게 햅쌀을 구하러 장마당을 헤매었다. 그때 내 눈은 판자 위 꽃신에 끌렸다. 꽃신의 코는 나를 향하여 노려보았다. 왜 다가갔는지 이유를 모르겠다. 이유를 따짐으로써 내 마음은 다시 노여움과 쓰라림에 찼다. 그때 심정 같아서는 꽃신을 모조리 사서 그에게 보라는 듯 신발 속에 돈을 가득 채우고 싶었다.

판자 앞, 몇 발짝 되는 곳에서 내 걸음은 멈춰졌다. 신집 사람 얼굴에는 어찌나 많이 주름이 갔던지, 비뚤어진 입은 기름기 없는 초 심지 같았다. 저 입은 다시 큰소리를 치지 못하겠지.

나는 누가 꽃신을 사는지 보려고 기다렸다. 그러나 물건값을 물어보지 않고 못 배기는 장돌뱅이 이외 누구 하나 눈여겨보려는 사람조차 없었다. 장돌뱅이 한 사람이 소리쳤다.

"퇴물인 꽃신을 가지고 하늘 값을 부르니, 여보 노인, 당신 자다가 남의 다리 긁는 게 아니오?"

그는 장돌뱅이 욕지거리에 무관하며, 아직 꼬부라지지 않는 허리를 꼿꼿이 세우고 있었으나 그의 배는 등에 닿을 것 같이 보였다.

꽃신은 한 켤레 두 켤레 없어졌다. 나는 오고 또 오곤 했다. 노인의 물건이 차츰 줄어들자 그에 대한 날카로운 내 감정은 식어 갔다. 그 대신 슬픔이 자리를 차지하였다. 날씨가 차지자 노인의 비뚤어진 입은 흰 입김도 없이 기침을 했다. 꽃신을 다 팔고 나면 그는 어떻게 될지 걱정스러웠다. 내 마음에도 기침하는 그 입이, 한때 따뜻한 일방에서 자신의 결혼 얘기를 하며 미소 짓던 입으로 변해 있었다. 그때 꽃신은 얼마나 가벼웠던가.

나는 장터 시끄러운 소리에 정신이 들어 사람을 헤치고

걸어 나왔다. 여러 종류의 신발—구두, 고무신, 징을 박은 군화—모두 무겁게 보였다. 아마도 사는 사람 기분에 따라 신발의 무게는 달라지겠지. 이 나라에는 꽃신을 채울 기쁨, 그런 기쁨을 가질 겨를이 없고 공허뿐—공허뿐.

때때로, 나는 노인이 나를 알아보기를 바랐다. 그러면 나는 부인과 딸에 관한 말을 물어볼 수 있었을 것이다. 그러나 그는 나를 알아보지 못했다. 그의 깜박이지 않는 눈에는 알아보는 흔적이 없었고 나도 먼저 말을 걸지 않았다.

나는 꽃신이 다른 사람에게 다 팔려 가기 전 한 켤레 가지고 싶었지만 꽃신 아닌 슬픔을 사지나 않을까 두렵다. 나는 먹구름 속에 자취를 감추기 직전 길을 더듬어 보는 눈초리로, 꽃신을 바라보았다. 꽃신이 세 켤레 남았을 때 나는 그곳에 차마 가지 못했다. 예쁘게 꾸며진 꽃신의 코가 나를 바라보고 있다가 훌쩍 뒤돌아설 것 같아 더 이상 찾아 못 갔다.

첫눈은 일찍 왔다. 길 위에 남겨진 발자국은 꽃신이 밟고 간 것일까. 그 아름다운 꽃신이 젖은 것 같아 애처롭다. 불현듯 나는 빠른 걸음으로 시장에 달려갔다.

그때 심정은 노인이 꽃신을 가지고 나오지 않았으면

24

싫었으나 한편 꽃신이 있었으면─장 모퉁이 가까이 갔을 때 가슴이 뛴다. 검은 우산 아래 놓인 판자, 두 켤레의 꽃신이 나를 보고 있다. 기뻤다. 그 기쁨을 나는 두 손에 꽉 쥐었다.

그런데 노인은 보이지 않았다. 휘어진 어깨에 노란 담요를 걸치고 한 부인이 눈을 맞고 앉아 있었다. 부인은 자기보다 꽃신 위에 우산을 받쳐 주고 있었다. 신집 부인일까. 처음 자신이 없었다. 그러나 신집 부인이었다. 눈은 비스듬히 내린다. 어서 신발을 싸서 돌아가지, 부인은 왜 저리 앉았는지.

양복 웃저고리에 한복 바지를 입은 사나이가 발을 멈추고 안경 너머 꽃신을 보고 있다. 흥정하는 것 같다. 호주머니에 손을 넣고 돈을 찾는다. 나는 달려갔다. 손에 쥘 수 있는 대로 돈을 꺼내어 부인 앞에 내놓았다.

"여기 있소. 이 꽃신은 내 겁니다!"

사나이는 매우 불쾌한 눈초리를 보냈는데, 눈송이가 그의 안경을 가리지 않았다면 사나이의 노여움을 똑똑히 보았을 게다. 부인은 담요를 땅에 떨어뜨리고 마치 위조지폐로 그녀를 속이기라도 하는 듯 몸을 뒤로 사렸다. 잿빛 눈동자는 피곤해 보였고, 슬프게도 무표정하며 앞으로 그림자 하나 더 받을 수 없는 겨울 길 같았다. 나는 급히 말을 이었다.

"상돕니다. 아저씨는 어디 계시죠?"

부인은 넋 빠진 사람처럼 나를 쳐다보았다. 그의 입술은 떨리기 시작하면서 이빨이 다 빠진 잇몸이 드러났다. 겨울바람처럼 메마르고 소리 죽인 울음이 들렸다. 나는 가족들을 잃은 늙은이의 우는 모습을 많이 보았다. 절망적인 일이 일어난 것을 알았다.

나는 부인이 떨어뜨린 우산을 주워 들고 꽃신 위에 받쳤다. 눈보라는 꽃신 위에 날렸다. 부인은 꽃신에 묻은 눈을 조심스레 닦고 신문지에 가만히 쌌다.

"바깥어른은 이 꽃신을 낯선 사람에게 고무신 값으론 안 팔려 했다."

부인은 다시 말을 이었다.

"그런데 나는 아침마다 수용소(收容所)에서 그를 쫓아냈지. 한 달에 겨우 한 켤레만 싼값으로 팔고 오고 그러면 나는 다시 신을 팔라고 짜증을 내고……. 꽃신이 두 켤레 남았을 때 그는 어린애처럼 꽃신을 안 팔려고 고집을 부렸다. 할 수 없어 장에 나가기는 했지만 언제나 꽃신은 그대로 갖고 돌아왔지. 하루는 온종일 빈속으로 떨다가 돌아와서……."

부인은 다음 말을 못했다. 부인의 뺨을 타고 내리는 것은 눈인가—부인은 누그러져서, "그분은 꽃신이 다 팔리기 전에 돌아갔다. 그것이 소원……."

부인은 내가 내놓은 지폐를 잠시 보고 신발을 싼 꾸러미를 내밀었다.

"이 돈 가지면 이제 버젓이 장사도 치르겠다."

나는 그 꾸러미를 받지 못했다. 잠든 어린이가 꼭 쥐고 자는 버들피리를 빼앗는 것같이, 아직도 신집 사람이 꽃신을 꼭 쥐고 있는 느낌이었다. 나는 머리를 흔들고, "따님을 위해 이 꽃신을 가지세요."

잠시 동안 그녀가 결혼했는지 어떤지를 생각했으나 이제는 다 소용없다는 것을 알았다.

그녀는 이 꽃신을 가지게 될까. 다만 그녀가 어느 곳에 있건 꽃신을 받아 주었으면 싶었다.

담요를 개켜 그 속에 돈을 넣고 꽃신이 든 꾸러미와 함께 부인 팔에 안겨 주었을 때, 부인은 그것을 꼭 껴안았다가, 어린애를 안고 가는 듯 머리를 약간 수그리고 걸었다.

부인은 말했다.

"그 애는 죽었다. 그 애는 지난 여름 폭격에 죽었다."

아아 그러나 나는 이미 알고 있었다. 오래전 내 예감은 그녀의 죽음을.

우산을 폈다. 부인이 젖지 않게 팔을 뻗치며 그녀의 뒤를 쫓았다. 뒤에서 누가 신난 소리로, "야아! 자리가 생겼다! 판자도 놔두고 간다."

시장 밖에는 바람이 눈을 휘몰았다. 바람에 날리지 않게 우산을 반쯤 펴서 꽃신을 가진 부인이 넘어지지 않기를 바라며, 그녀의 뒤를 따른다.

동네 술

Village Wine

대문 치는 소리, 또 대문 두들기는 소리, 잠에 취하여 문을 열었다. 읍장이 돌아온 줄 알았더니 이웃 피리 부는 아저씨와 크나큰 미군이 서 있다. 모자를 어쨌는지 누런 곱슬머리가 헝클어지고 흙 묻은 수염 얼굴이 멍텅구리 같다. 군복 바지가 찢겨져 한편 무릎이 허옇게 드러났다. 자꾸 제 입을 가리킨다.

"뭐라 하노, 알아봐라."

피리아저씨가 내게 묻는다. 미군 말이 얼른 안 나온다. 혓바닥이 꿈쩍 않는다. 미군이 제 먼저 집 안으로 들어온다. 첫째, 둘째, 닥치는 대로 방문을 열고 기웃댄다. 왜 그러느냐 물어볼 사이도 없다. 입을 못 떼고 따라갔다. 주인 아주머니 읍장 부인이 뒷문으로 내뺀다. 부엌에 들어선 미군은 바람길에 매단 밥 소쿠리에 얼굴을 들이 담고 손으로 움켜 먹는다. 피리아저씨가 고개를 끄덕였다.

"냇물을 마시다가 내가 가니 자꾸 입을 가리키는데, 미군이 배고픈 줄을 감감 몰랐다."

달걀 서너 개를 찬장에서 꺼냈다. 미군 얼굴에 들이대고 "미 쿠으크. 오오케?" 하니까 내 입을 지켜보고 있다가 이제는 허리를 펴고 천천히 밥을 먹는다. 피리아저씨가 숯불을 일궜다. 내가 무화과 한 접시를 내놓으니 미군이 늘름 집어삼켰다. 달걀을 부쳐 수저와 곁들여 주니 수저는 본체만체 손으로 집어 한두 입에 다 먹고 손가락을 핥는다. 피리아저씨가 달걀 세 개를 더 지져 냈다. 미군은 그것까지 다 먹고 안방으로 들어갔다. 무릎이 꺾인 사람같이 퍽 엉덩방아를 찧고는 쓰러져 누웠다. 가슴이 크게 오르락내리락, 커다란 숨소리, 곯아떨어진다. 흙신을 벗기려고 바짓가랑이를 추켜올렸더니 뿌리치고 돌아누우며 잠꼬대를 한다.

"노, 노, 노, 모어······."

숨을 괴롭게 몰아쉬고 혀로 입술을 축이더니 코고는 소리뿐 세상이 다 귀찮은 것 같다.

피리아저씨가 부엌 소쿠리에 묻은 밥알을 먹고 있다.

"아침밥 안 잡수셨군요."

그는 피식 웃고 마지막 밥알을 떼 먹는다.

"한 이틀 물배를 채웠더마는······."

"왜 이때껏 가만 계셨어요? 진작 말하지 않고."

"아, 그 달걀 세 개를 내 몫으로 만들었더니 저 외국 사람이 다 먹는걸. 외국 군인 먼저 먹이고 나는 나중 먹지."

남은 달걀을 다 부쳤다. 피리아저씨도 점잖은 말과 달리 저 미군같이 한두 입에 다 먹었다.

두 사람이 굶주리고 왔는데 동네 사람 배고픈 사정을 내가 몰랐구나. 나는 피리아저씨한테 더 좋은 것을 주고 싶다.

찬장 꼭대기층에서 양주병을 내려왔다. 피리아저씨 목울대가 움줄, 손이 턱수염을 쓴다. 두 콧구멍이 벌름하니, 좋은 모양이다. 내가 잔을 내고 있을 때 벌써 병째로 들이마시고 사래가 들렸다. 술병에 뭐라 썼는가 읽어 보라 한다. 미군에게 몇 마디 말만 배웠지 읽을 줄 모른다 하니까 아무 말 안 하고 병술을 마신다. 두 눈자위가 빨갛고 노오랗던 얼굴 광대뼈 언저리에 구릿빛 아침 햇살이 돈다.

읍장 부인은 영 돌아오지 않는다. 피리아저씨가 안 가고 있으니 든든하다. 눈 감고 피리 불다 한 소리 끝나면 술을 더 마신다. 점심 곁밥께야 문간에서 라디오 소리가 들리더니 라디오를 손에 든 읍장이 얼굴이 새파래 들어왔다. 부인이 집에 없다고 말해도 듣는 체 마는 체하고, 피리아저씨를 보고 외쳤다.

"아, 동아, 너 왔냐. 영 못 볼 줄 알았다."

"네 집에 굶은 사람들이 많이 모였다."

피리아저씨가 웅얼댔다.

"전황이 아주 나빠. 북군이 피난민에 끼어 막 내려온다. 읍 직원들 보고, 배로 피난 갈 판이니 중요 서류만 챙기고 다 태우라 했어."

피리아저씨가 술 한 모금을 꿀꺽 삼켰다.

"네 양복저고리 들어주려고 다들 대가릴 깨는 판에 나가 우찌 끼노. 활딱 벗고 같이 큰 네놈한테 난 그 짓 안 한다."

"이젠 그 짓도 그만이다."

읍장이 뇌까렸다.

"우리가 피난 간 뒤 여기 와 있어."

"호박이 넝쿨째 굴러도 내 집 마당에 떨어질 텐데 그동안 그림자 하나 안 보이더니만, 비워 두면 피난민이 다 뜯어먹을까 봐 날 보고 와 살란다."

피리아저씨는 열병 난 것처럼 머리를 내저었다.

"싫다, 싫다."

읍장도 골이 깨질 것같이 이맛살을 찌푸렸다.

"식구 없는 홀아비가 뭘 그라노?"

나를 보고는 "넌 우리하고 같이 가자" 한다.

"안 갈래요."

나는 읍장 눈을 피하고 대답했다.

"이놈, 이제 봤더니 겉 푸르고 속은 빨간 수박이구나."

피리아저씨가 역성을 든다.

"사람을 우찌 과일에 비하노. 그 아가 어쨌다고 이 동
넬 떠날 것고."

내가 입 꾹 다물고 있으니 읍장이 멱살을 왈칵 쥐고 귀
청이 떠나게 소리쳤다.

"이놈, 내 없는 동안 북군 공작대에 넘어갔구나."

라디오가 땅바닥에 굴러 떨어졌다. 소리는 여전히 난
다. 피리아저씨가 피리 끝으로 읍장 목줄을 꾹 눌렀다.

"북군이 네 집 사동 좀 했다고 이 애를 죽일 겐가?"

읍장 손이 풀리고 내 숨이 되돌아왔다. 그는 방바닥에
주저앉아 있더니 목을 빼고 라디오를 끈다.

드렁드렁 푸우푸우, 안방에서 나는 소리를 비로소 듣고
"누고?" 읍장이 벌떡 일어나 가 본다. 한참 만에 느릿느릿
돌아오며 "벌써 미군 낙오병이 내 집 안에 드는 판국이니
이제는 희망 없다" 하며 목의 구슬땀을 씻는다.

"내가 언제 동네 친구를 괄시했노. 몸은 하나뿐인데 피난민 문제만 해도 집에 와 잘 틈이 없다."

"정치 연설 치워라."

피리아저씨는 빈 양주병을 짚고 일어나 비틀걸음으로 갔다. 나도 문간까지 갔다. 가슴팍이 툭 나온 키다리 읍 서기가 문 앞에 서 있다.

"읍장이 계시냐?"

"무슨 일고?"

부엌에서 읍장이 나온다.

"군사령부에서 후퇴 명령이 왔습니다. 곧 떠나셔야 합니다."

"으음, 그리 당장 갈 수 있나. 동구에 가서 내 집사람한테 오라고 해라. 아마 고모 댁에 갔을 거야."

"곧 안 떠나시면 군이 의심할 겝니다. 북군 편인가 의심하면 큰일납니다."

"잔말 말고 내 시키는 대로만 해라."

읍장이 소리쳤다.

"동네 물, 동네 쌀로 빚은 술을 마지막 마시고 가겠다."

그는 문밖으로 뛰어나가 피리아저씨를 부른다.

"동이 가지 마. 서로 다시 못 볼지 모른다. 내 아버님

산소에 한 잔 올리고 거 바람맞이서 우리도 동네 술 한 잔하자."

동네 술 소리에 피리아저씨가 양주병을 던지고 돌아온다.

향로, 술잔을 들고 그들을 따라 시냇가로 가다가 풀밭 언덕으로 질러 올라갔다. 읍장 아버지 묘소 앞에 두 사람은 서로 잡고 쓰러지더니 오랫동안 그대로 엎어져들 있다.

나는 향로와 술잔을 비석 앞에 놓고 동네 술을 기다린다. 읍장이 저고리를 벗고, "아 더워. 이놈의 뽀뿌라야 왜 잎새 하나 까딱 않노" 하더니 갑자기 뛰어 일어나 그 나무를 흔든다. 신을 벗고 동네애들처럼 발바닥 손바닥에 침을 뱉고 나무를 타고 올라간다.

"야아 좋다. 동, 이리 올라와. 그전처럼 이 위서 한 곡조 빼라."

피리아저씨가 기어가 나무를 잡고 일어서려다 쓰러진다. 나무 밑동에 기대앉더니 아랫마을께를 멀거니 보고 있다.

"일어나, 임마. 넌 게을러 탈이야. 자, 일어나 피리 불고 춤 춰."

읍장이 그 위에서 외쳤다.

"온다아, 저기 동네 술 가져온다."

어쩐지 피리아저씨가 이상한 것 같다.

"왜 그러세요?"

내가 그의 팔을 끌었다. 픽 쓰러진다. 쓰러진 대로 꿈쩍 않는다.

이마를 짚으니 식은땀이 척 손바닥을 적신다. 그의 입가에 게거품이 풍겨 오른다. 나는 겁이 왈칵 났다.

"어서 내려오십시오. 피리아저씨가 이상해요."

소리치고 찬물을 뜨러 냇가로 뛰어갔다. 너무 다급하여 잊어버리고 그릇을 안 가져왔다. 찬물을 한입 물고 피리아저씨 얼굴에 뿜으러 뛰어갔으나 숨이 가빠서 입이 벌어져 물이 다 흘러나갔다.

읍장이 피리아저씨를 업고 언덕을 내려온다.

"동이, 가지 마. 정신 차려. 날 붙들어. 동, 눈 떠!"

읍장이 운다.

"너 묻고 있을 시간 없다. 개아들 놈, 하필 이런 때 왜 이라노."

키다리 서기가 달려와 피리아저씨를 업고 내려갔다. 읍

36

장 부인이 돌아와 있다가 피리아저씨 입을 수건으로 씻고 물그릇을 대 준다. 입을 안 열고 꽉 다물고 있기에 내가 물 숟가락을 입 새에 쑤셔 넣었다.

서기가 방에서 나가니 읍장이 쫓아간다.

"이리 좀 와."

읍장이 손에 밧줄을 들고 들어온다.

"떠나기 싫다. 못 떠나겠다."

미군이 자고 있는 옆방을 보고 서서 덜덜덜 떨며 올가미를 짓는다. 그 방 문을 열고 키다리 서기보고 오라 손짓한다.

미군 외마디소리에 나도 달려 들어갔다. 읍장이 시퍼런 식칼을 미군 목에 대고 있다. 서기가 올가미를 씌운다. 손목을 벌써 뒤로 묶었다. 내가 식칼을 뺏으려 붙드니 그는 재빨리 옮겨 쥐고 나를 밀었다.

"나가, 나가. 내 팔을 건드리면 이 사람이 죽는다."

"왜 이러십니까?"

"북군이 오면 미군을 내가 잡았다고 할란다."

미군이 눈이 퉁겨져 몸을 튼다.

"노, 노, 렛 미 꼬우!"

읍장 부인이 달려왔다. 목메게 "여, 여, 여, 여보오!" 소리치며 읍장 팔에 매달리는 것을 읍장이 확 뿌리친다.

"풀어요, 당장! 내 집에 떠들어온 목숨을 이리 묶어 놓 겠오?"

부인이 발 구르며 외치자 키다리서기가 물러섰다. 내가 올가미를 풀려 하니까 읍장이 고함쳤다.

"푹 찌르라고들 이러나."

떨리는 식칼 끝을 노려보며 나는 손을 뗐다. 부인이 말 한다.

"사슴 새끼가 떠들어왔을 때 동네 사람 뉘 하나 그 겁먹 은 짐승을 해칩디까? 바로 당신 아버님이 뽀뿌라나무 언 덕으로 데리고 올라가 놔주시고 돌아가시거든 게 묻어 달 라 하셨지요. 저 겁먹은 눈 좀 봐요."

젊은 병정의 파아란 두 눈동자가 희번덕거린다. 꼼짝 않는 읍장 얼굴에서 땀방울이 쏟아진다. 아무도 움직이 지 않았다. 읍장이 바싹 앞으로 다가선다. 미군이 얼굴 을 벽에 틀어박고 돌아섰다. 읍장이 쪼그려 앉아 오랏줄 을 탁 잘랐다. 손목 풀린 미군이 멍하니 읍장을 본다. 내 가 말했다.

"꼬오, 꼬오, 허리!"

그는 벽을 지고 게걸음 쳤다. 휙 뛰어나간다. 식칼이 방

바닥에 떨어진다.

피리아저씨는 의식을 되찾지 못했고 우리는 그를 간호하며 그 밤을 샜다. 고요한 아침, 누가 계속 문을 두드린다. 읍장이 나보다 먼저 문을 열었다. 밀짚모자 쓰고 농군차림 한 두 사람이 문 앞에 서 있었다. 그중 한 명은 읍장앞에서 모자도 안 벗는다. 셋째가 길 가운데서 기다리고있다. 풀이 우거진 냇둑에 키다리 서기가 이편을 엿보고섰다가 읍장이 나가니까 왠지 급히 사라진다. 문 앞에 있는 한 사람이 말했다.

"협조를 받으러 왔오."

"네, 저는 당신네 편입죠."

읍장의 숨찬 소리다.

"당신네 편입니다."

그 사람이 나직하게 되풀이한다.

"인민군은 당신이 협조하기를 바라오."

읍장 두 손가락이 등뒤에서 꾸무럭댄다. 절을 하면서

"네, 지금도 말씀드린 바같이 저는 당신네 편입니다. 인민군 선봉대를 환영하려고 당 읍에서는 환영위원회를 준비했습니다. 오늘내일하고 기다리고 있었습니다."

또 한 사람이 천천히 말한다.

"그러면 같이 갑시다."

"옷 좀 갈아입겠습니다."

읍장이 절하고 돌아섰다.

"그럴 필요 없오."

그 사람이 읍장 어깨를 잡고 또 한 사람은 문 안에 들어와 읍장을 밀어낸다. 읍장이 셔츠 바람에 슬리퍼만 신고 같이 간다. 길 가운데 섰던 이가 손짓하자 산 고개에서 찝차가 달려온다. 태극기표가 붙었다. 읍장이 밀짚모자 쓴 그 사람들과 실랑이를 친다. 그들이 읍장을 찝차 안에 끌어넣는다.

읍장이 소리치고 있다.

"나는 당신 편이라고 안 했오? 언제 내가 이북 편이라 했오. 난 당신 편입니다."

찝차는 휙 돌더니 항구 쪽으로 달려갔다.

그 후 읍장이 어찌 됐는지 알 길이 없었다. 계엄령이 깔린 항구 읍내엔 아무도 못 들어간다. 붉은 군대가 쳐들어오기 직전 읍장이 다른 사람들과 함께 수갑에 채여 배에실리는 것을 누가 봤다는 말이 들린다. 후퇴하는 국군이

서둘러 읍장을 없앴다고, 상여꾼 한 사람이 말하는 것을
피리아저씨 장삿날 술자리에서 들었다.

"손을 묶여 끌려갈 적에 죽을 줄 안 모양이지. 집식구에
게 할 말이 있는가 물으니까 목젖을 울리고 하는 말이 '우
리 동네 막걸리 한 잔만 꼭 마셨으면 좋겠오!'"

그 상여꾼이 입맛을 다시며 술을 더 부었다.

겨울의 사랑

Love in Winter

아버지는 뜰팡에다 대고 퉁퉁 발을 굴러 눈을 털더니 냅다 소리를 지른다.

"입을 그렇게 헤에 벌려 가지고 온 동네를 싸다닐 테여? 웃으려면 입을 가리라고 몇천 번 일렀냐. 언청이 웃는 꼴을 누가 좋아할 거라구."

몽치는 마당의 눈을 쓸다 말고 우뚝 서 버렸다. 우물가에 선 눈사람을 다시 바라본다. 그놈의 배 한가운데 호박씨 한 알이 박혔고 두 개의 반 동그라미 빨간 고추가 옆으로 길게 입 모양을 이뤘다. 아이들 중에 누군지, "엄마 이것 봐, 눈사람이 간지럽대" 하고 소리쳤을 때 몽치가 그만 껄껄 웃어 댔던 것이 마을 갔다 오는 아버지의 눈에 띈 것이다.

'언청이 입술만 생각하구 가리려면 그럼 난 웃지도 못하란 말요? 남이 좋아하면 꼭 누가 마음을 상해 주거던.'

터져 나오려는 말을 겨우 삼키면서 몽치는 우두커니 진

42

흙 담에 기대선다.

사랑방께서 이번에는 달래듯 아버지 목소리가 났다.

"어서 눈이나 쓸어라. 너 혼인날도 좋아서 입을 갈라놓고 웃을 건가."

"누가 그 색시한테 장가간댔어요? 부산 가서 취직해 가지구 아버지 땅 같은 건 헌 짚신짝처럼 잊어버릴래."

"뭐! 부산 가서 취직을 한다?"

사뭇 조소와 연민이 섞인 말투다.

"사진장이 암실에다가 너를 써 줄까, 어디서 언청일 써 줄라구!"

장지문이 확 열렸다. 긴 담뱃대로 연신 삿대질이 나온다.

"그래 동네 사람들이 왜 서로 딸을 줄라고 하는지 아나, 이놈아. 너 언청이 보고 준다더냐? 그래두 나락 스무 섬 나는 내 땅 때문이란 걸 알어!"

뭉치는 치를 떤다. 입안이 찝찔하여 혀끝으로 뱉었다. 눈물이 째진 입술을 타고 마구 흘러내린다.

"내 손 내 눈으로 색시를 고를래요. 아부지 쌀섬 보고 오는 것 말고 정말 날 좋아하는 부산 색시한테 장가들 테니 두고 봐요."

그러나 자기가 한 말을 자기도 믿을 수 없어 울었다.

보니 옆집 멸치장수 딸이 물동이를 이고 샘 길에서 온다. 그녀는 동이 언저리를 오리발 같은 손으로 연신 훔친다. 요즘 아버지가 장가들라고 성화인 색시인데, 몽치에게는 호박같이만 보인다.

산길에 햇살이 퍼지는 한나절 바람이 어느 방향을 잡지 않고 불어 대는데 몽치는 언덕을 넘고 또 넘었다. 저 아래 물거품 이는 바닷가에 배들이 커다란 게가 기어다니듯 들고난다. 항구의 집들이 녹다 남은 눈으로 반짝거린다. 그는 소리 내어 혼잣말을 했다.

"부산 항구에서는 생선과 색시들이 가득 차 있다. 그럼, 전쟁이 나고부터 더 많은 처녀들이 몰려왔지. 왜 못 구해!"

며칠 전에 부산서 '겨울의 사랑' 노래를 듣고 서 있을 때 문틈으로 얼핏 본 다방 색시의 조그맣고 하얀 얼굴을 그려 본다.

여윈 포플러가 늘어선 큰길에 잇닿은 오류교(五柳橋)를 건넜다. 달구지가 덜커덩거리며 지나가고 황소 목방울이 운다. 대바구니를 인 부인네들이 분주히 팔을 휘저으며 가고 농부들은 커다란 나뭇짐을 지고 지나간다.

야트막한 다방의 지붕이 있는 바닷가 한 모퉁이가 보이자 몽치는 발걸음을 늦추었다. 학생복을 입은 소년이 미군 보급창고가 있는 맞은편 길에서 뛰어와 몽치와 마주쳐 지나간다. 하얀 입김이 소년의 방한 마스크 밖까지 새어 나온다.

"나도 마스크를 하면 사람들은 내가 추위 때문에 입을 가렸다고밖에 생각 안 할걸."

몽치는 시장께로 발길을 돌렸다. 마스크를 쓴 사람과 마주칠 때마다 그는 새로운 자신을 얻고 발걸음을 빨리했다. 옷가지를 파는 가게에 이르자 곧장 방한 마스크가 있는 데로 갔다. 입을 가리기에 꼭 알맞은 삼각형의 푸른 헝겊 마스크를 집어 양 끈을 귀에 걸었다. 후끈 마스크 안으로 따뜻한 숨결이 몰린다. 천천히 고개를 들어 벽에 걸린 거울을 보았다. 잘생긴 얼굴이 거기 있었다. 넓은 이마, 짙은 눈썹 아래 큰 두 눈이 부드럽고 슬프게 자신을 보고 있다. 그는 거울로 바싹 다가가서 눈언저리와 바람에 그을린 붉은 뺨의 눈물 자국을 닦았다.

길 옆 가게 유리창에 비치는 자기 그림자를 들여다보며 선창가로 갔다. 즐비한 고깃배에서 저녁연기가 피어오른다. 어부들의 꽁치 굽는 냄새가 코를 찌른다. 선창가 사람들의 그림자가 몰려드는 바다 위로 외롭게 늘어진다. 흉터를 덮어 줄 어둠이 다가온다. 그러나 야트막한 다방 지붕의 황혼 빛에 기를 잃고 썩 들어가지를 못했다.

춥고 배가 고팠으나 아버지의 핀잔의 말들을 되씹어 본다.

"그놈은 내 목에 걸린 가시야……."

쪼그려 앉아서 멀리 껌벅거리는 등대의 불빛을 본다. 다방엔 들어갈까 말까 하는 생각이 등대 불빛과 함께 왔다 갔다 한다. 다방으로부터 어둠을 타는 '겨울의 사랑'이 더 가까이 들려온다.

촛대처럼 단단하게
순이와 내가 만든
눈사람!
사흘 밤 자고 나니
간 곳이 없네.
순이네 집 문 두드리며
슬퍼할 때에
이웃 사람 말이

순이도 갔다고.
늙은 농부 한 분은
하늘을 우러러보며
봄 날씨만 칭찬하네.

몽치는 천천히 일어섰다. 감각이 반쯤 마비된 발로 다방의 불빛을 향해 갔다. '푸른 돛'이라 쓴 간판 아래서 손을 들어 입 위에 마스크가 틀림없이 있는지를 확인한 후 문을 열었다. 손님 테이블 위 가냘픈 촛불이 흔들린다. 축음기 옆 큼직한 놋접시에도 촛불이 타고, 그리고 그 여자가 있다. 앳되고 아름다운 전에 본 일이 있는 여자. 흰 저고리에 푸른 폭넓은 치마를 입고 하얀 모슬린 양말에 운동화를 신었다. 그 여자는 축음기 태엽을 감느라 몸을 수그리고 있었다. 몽치는 문에 제일 가까운 자리에 앉았다. 음악을 틀어놓은 뒤 여자는 짤막한 토막 초를 몽치의 테이블에 세우고 불을 켜 주었다. 몽치는 그 여자의 가는 몸매와 졸리운 얼굴에 억지로 띠운 미소를 보았다.

"차 주십시오."

그의 목소리는 마스크를 통해 분명찮게 들린다. 여자가 고개를 까닥할 때 귀여운 코 그림자가 그녀의 입술 위에 떨어지고 자기가 켜 논 불빛에 눈이 부셔 한다.

몽치는 찻잔에서 떠오르는 하얀 김을 지켜보았다.

여자가 축음기 뚜껑에 머리를 기대자 재빨리 마스크를 들치고 한 모금 차를 삼켜 목을 축인 뒤 다급하게 마스크를 눌렀다.

옆자리에서 신문을 들여다보던 대머리 뿔테 안경잡이가 기지개를 켰다.

"이 불빛 가지구야 어디 신문 대목 하나 제대로 뵈야지!"

난로 앞으로 의자를 당기며 불평조로 말한다. 손을 녹이려고 난롯가를 어루만지던 그는 말을 잇는다.

"저 색시 가느다란 팔이 종일 태엽만 감아야 하니, 음악을 뽑아내자고…… 쯧쯧……."

언짢은 듯 그는 신문을 와싹 구긴다.

수염을 기른 키 큰 사나이가 입을 반쯤 벌리고 벽만 쳐다보고 있더니 갑자기 일어서며 말한다.

"이 찬바람 아니면 다른 어떤 놈한테 내가 죽지 않거든 내일 다시 봅시다."

그 사나이는 염색한 군대 윗옷에 쿠렁쿠렁한 회색 한복 바지를 입고 흰 대님을 쳤다. 문 앞으로 가면서 그는 허리

48

띠를 졸라 맨다.

"당신 허리띠는 삼팔선이오? 아래위 각각 다른 옷을 갈라놓고 말씀야, 최신식 스타일이구먼!"

대머리가 말했다. 그리고 옛날 한 시절엔 펠트 신사모였을, 다 찌부러진 모자를 머리에 얹고 키 큰 사나이 뒤를 따라나서며 흥얼거렸다.

"노래를 불러라, 술을 마시자, 이 촛불이 다 타기 전에……."

방 안이 조용하고 더욱 추워졌다. 다방 여자는 축음기에 기댔던 몸을 일으키더니 그 신문지를 주워 난로에 넣었다. 그 위에 장작을 몇 개를 놓고서 불어 댄다. 연기와 재티만 나고 불꽃은 살아나질 않아 몽치 있는 데로 얼굴을 돌리고 기침을 하며 매운 연기에 눈물을 씻는다.

몽치는 난로 앞으로 가서 부엌칼로 나무를 잘게 쪼개어 손쉽게 불을 살랐다.

불빛을 받은 여자의 얼굴이 환하다. 흰 이의 반짝임, 두 볼우물, 그리고 귀엽게 날씬한 목이 몽치 눈에 새로이 흐뭇하다.

"주인이 가져다주는 장작들은 너무 굵어서 불을 사를 수가 없어요."

여자가 축음기 옆자리로 돌아갔을 때, 처음으로 몽치가 말한다.

"저 때문에라면 축음기를 틀 것 없습니다."

"주인은 항상 음악을 틀라고 그래요."

여자의 말소리는 가벼운 기침으로 중단됐다.

"그래야 손님들이 듣고 들어오거든요"라고 말을 맺는다.

"하루 종일 태엽을 감노라면 팔이 아프지요."

몽치는 그 여자 옆에서 축음기 태엽을 감아 주고 여자는 레코드 판을 골랐다. 태엽 감기는 몽치가 생각했던 것보다 훨씬 힘이 들었다. 한 판의 곡이 끝날 때마다 짤막한 까만 손잡이를 틀고 또 틀어야 했다. 뱃고동이 울리고 손님 둘이 들어왔다. 또 몇 명이 더 오고 대여섯 명이 되었다. 촛불이 손님 테이블에 다시 켜졌고—김에 서려 뿌연 유리창을 물방울이 흘러내린다. 방 안의 그림자들이 춥고 어둔 바깥 길로 떨어졌다. 여자는 수줍게 말했다.

"이제 자리로 돌아가 주세요."

그 후 매일같이 점심때가 되면 몽치는 발이 시려운 산길을 넘어 '푸른 돛'을 찾아갔다. 그는 뭇 산 너머로 건너오는 황혼과 연줄을 끊어 놓을지도 모를 바람이 무척 좋았다. 그의 마음은 줄이 끊긴 연처럼 높이 떠오르기도 하지만 항상 자기의 사랑에게로 돌아왔다. 소나무 가지 위로 바람 소리만이 들리는 아늑한 나무다리에 오면 방한 마스크를 다시 쓰고 집으로 오는 장꾼과 마주치면서 반쯤 뛰어갔다.

가시철망 울타리까지 오면 다방의 희미한 불이 보이고 이따금 그 노래 '겨울의 사랑'이 아련히 들린다. 다방 문은 그가 채 가기 전에 열리곤 한다. 지안이 몰려드는 바람에 흰 비단 저고리 고름을 날리면서 문을 열고 서 있었다.

몽치는 다방에서 방한 마스크를 떼지 않는다. 지안이 보지 않을 때 마스크를 비끼고 손으로 언청이 입술을 가리면서 차를 삼켰는데 늘 싸늘하게 식은 차였다.

저녁밥 때는 손님이 적다. 하나나 둘 외로운 얼굴들이 말없이 차를 마셨다. 테이블 위 촛불이 닳아서 다 꺼지게 되면 더 있을 수 없다고 깨닫기라도 하는지 각기 나가 버린다. 몽치는 지안을 위해 장작을 쪼개고 축음기 태엽을 감아 주었다. 몽치가 그런 일을 하는 동안 지안은 싸 가지고 온 저녁밥을 먹는다. 한번 지안이 같이 먹자고 했을 때 그는 목쉰 소리로 마스크 안에서 대답했다.

"감기 걸렸어요. 못 먹어요."

몽치는 지안의 배꽃처럼 아름답고 창백한 얼굴과 그 흰 얼굴의 두 눈을 피한다. 지안이 자기를 보는 기색이면 난로를 살핀다든지 축음기 앞으로 가서 정신없이 아무 레코드나 잡히는 대로 돌리곤 했다.

다방 주인이 올 시간이 되면 그는 떠난다. 펄럭거리는 허수아비 옷자락에 놀란 황금 이랑 속 참새처럼 느끼면서 집으로 오다가 마스크를 떼고 코를 하늘로 들어 올려 밤 공기를 깊이 마신다.

지안을 만나서 한없이 기뻤으나 이런 모양으로밖에 못 가니 애통하다. 얼마나 더 앞으로 이와 같이 할 수 있을는지—.

하루 저녁, 다방 안에 아무도 없을 적에 지안이 물었다.

"몽치는 왜 마스크를 안 벗어?"

머리 위에 찬물이 끼얹힌 것 같았다. 그는 대답할 바를 모르고 목이 꽉 막혔다. 허둥대는 혀가 입천장 뒤로 말려들어 꿀꺽 숨을 삼켰다. 말을 더듬었다.

"지안, 지안이가 감기를 걸릴까 봐서, 내가 마스크를 떼면."

"내 걱정은 말래두!"

커다란 초 가장자리에 녹아 붙은 초 덩어리를 떼면서 지안의 목소리는 부드러웠다.

"꿈속에서까지 뭉치는 마스크를 하고서 나왔겠지? 그 마스크 좀 떼고 온 얼굴로 웃어 봐 줘."

얼굴을 바싹 대 오기 때문에 지안이의 눈동자 속에 비친 촛불이 보였다. 지안이 기침을 하자 촛불은 펄렁 주저 앉듯 심지에 매달리더니 다시 피어오른다. 그는 몸을 일으키며 사과했다.

"미안했어, 뭉치."

얼마 후 지안이가 다시 와서 조그만 병을 뭉치 호주머니에 넣어 주었다.

"감기약을 사 왔어."

뭉치는 한 판의 곡조를 영 끝내지 못할 태엽 풀린 축음기처럼 우두커니 앉아 있었다.

손님이 들어오고 나가고, 지안이 가까운 테이블에서 손님들 시중을 들 때마다 촛불 빛이 뭉치의 찻잔을 채우고 그 여자 그림자가 그 잔을 넘치게 했다. 레코드 한 판을 돌려놓고 지안은 피곤해서 축음기에 기댔다. 그럴 때면 뭉치는 자기 건강과 그 여자의 해소병을 바꿔 주었으면 싶었다. 누군가가 뭉치 옆 의자에 와서 펄썩 앉으며 홍얼거렸다.

"노래를 불러라, 술을 마시자."

그 수염이 긴 키 큰 사나이다. 몽치는 이제 다 식어 빠진 차를 맛보며 잔을 비운 뒤 마스크를 고쳐 쓰고 걸어 나왔다. 그러나 누가 뒤에서 끄는지 발이 너무도 무겁다. 선창가에 멈추어서 보니 검은 물결 위로 이리저리 돌아다니는 불 켠 고깃배들이 여름밤의 반딧불 같다.

음악이 끝나고 다시 되풀이되지 않았기에 몽치는 다방으로 돌아갔다.

손잡이가 다 해진 가방을 든 초라한 사나이가 나왔다. 그 사나이는 몹시 초조한 모습으로 잠시 서 있었다. 불이 켜졌을 때 몽치는 아까 그 나그네가 머물러 서 있던 자리로 가서 지안을 기다렸다.

얄상한 모습이 여학생처럼 책보를 팔에 끼고 몽치 옆을 지나간다. 놀라게 하지 않으려고 마음을 쓰면서 살며시 여자의 이름을 불렀다. 지안은 흠칫하더니, "몽치지?"

둘은 선창가를 떠나 포플러 그림자를 나란히 밟으며 걸어갔다. 몽치는 지안이의 책보를 들었다.

미군 창고를 둘러친 철망의 나무 말뚝이 언뜻언뜻 나타나는 보초병 같았다. 밤에 여기를 혼자 지나 집으로 가려면 무섭다고 지안은 말한다. 철망 앞 도랑에 숨어 있던 수상한 사람들이 자동차 소리나 총소리에 놀라서 뛰어 달아난다고 했다. 몽치는 아직도 감기약병에 정신이 팔려 있었다.

"왜 오늘 저녁엔 말을 안 해?"

지안이 불평을 한다.

"아마 너무 행복해서 그런가 봐."

몽치는 간단히 대답했다.

"나도 행복해. 네가 같이 걸어 주니까."

그날 밤 이후 몽치가 다방에 있는 시간은 더욱 더 길어졌다.

매번 오늘이야말로 마지막이라고 다짐하면서 시내로 가는 동안만이라도 지안과 함께 걷기를 소망했다. 홀로 집으로 가는 산길에서 그는 지안의 얼굴을, 무수한 별이 반짝이는 밤하늘 속에 그리면서 맞대 놓고 하지 못한 많은 얘기를 마스크 없이 속삭였다.

겨울이 사라져 가면서 바람은 그 방향을 바꿔 더 부드러워지고 동쪽 방파제를 치는 파도 소리를 이따금 실어다 주었다. 높고 낮은 두 갈래 소리는 지안의 행복에 겨운 웃음소리로, 또는 자기 언청이 입을 발견한 지안의 울음으로 들렸다. 산길을 넘어 자꾸만 이렇게 '푸른 돛'에 갈수록 지안에게 슬픔이 더 클 것이다. 그러나 밤에야 무슨 결심을 했든 황혼 빛이 아버지 논두렁을 반쯤만 비치면 몽치는 그 항구로 걸어 나갈 것을 알고 있었다.

이제 머지않아 바다에 안개가 끼고 개구리가 논에서 울어 대는 저녁이 올 것이다. 몽치는 다가올 그 봄을 느꼈다.

선창가 시장 언저리에 봄 멸치와 청어가 풀려나와 한결 소란해졌다.

방한 마스크를 쓴 사람은 하나도 없다. 지안은 더 여위고 어깨가 구부정해졌다.

"몽치, 이제 같이 걸어도 한마디 말도 없어. 웃지도 않고."

"아마 너무 행복해서 그런가 봐."

겨우 몽치가 짜낸 대답의 전부였다.

봄철은 일찍 왔나 보다. 다리 밑에 쌓였던 얼음덩어리, 흙탕물은 간 곳 없이 다 사라졌다. 급히 흐르는 맑은 물이 버들가지 그림자 사이를 헤쳐 나가면서 다리 모양을 새겨 놓고, 시장으로 가노라면 몽치가 움직이는 그림자가 그 속에 비친다. 항구에는 더 많은 고깃배가 분주히 찾아

들어 생선 더미를 풀어놓는다. 생선 더미는 마치 저녁노을 속에 볏가리를 쌓아 놓은 것 같다. 그리고 다방에는 사람들이 모여들어 음악이 울려 퍼질 여지를 남겨 두지 않는다. 이따금 소란스럽게 생선 도매상들이 들어와 자기네 생선이 상하기 전에 시장 밖으로 실어내 줄 우마차들의 도착을 기다린다. 그리고 불평을 늘어놓는 큰 소리에 다방 음악은 들리지가 않는다.

수염쟁이 키 큰 생선장수는 북선(北鮮) 전력을 쓸 수 없어 얼음 공장이 문을 닫게 된 거라고 욕지거리를 했다.

"아, 이놈을 운반도 못하고 푹푹 썩는 것을 보고만 있으란 말이오? 얼음이 없지, 타이어도 없지, 빨리 나를 도리가 있어야지."

음악과 촛불을 좋아하는 조용한 손님들은 얼른 차를 마시고 나가 버린다. 차츰 그런 손님은 덜 오게 되었다.

생선장수들이 들어오지 않고 선창가가 조용해지면 음악은 드맑게 울린다. 지안은 몽치 옆에 앉아서 피곤한 몸을 그에게 기댄다. 지안의 머리카락에서 향긋한 기름 냄새가 풍긴다. 머리카락이 몽치 마스크에 스친다. 지안이 가까이 온다는 것은 얼마나 황홀하고 몸 떨리는 일인가. 그래도 몽치는 지안과의 사이에 거리를 지킨다. 맞은편

벽에 비친 지안이의 희미한 그림자를 보면서.

'날이 갈수록 내가 언청이였다는 사실은 지안이 마음에 더 큰 아픔이 될 것이다. 지안이 나를 사랑하는 까닭에…….'

아무리 마음을 돌려먹으려 해도 몽치의 생각은 하나의 돌벽에 기어이 마주친다. 지안을 잃고 싶지 않다는 그 한 가지만이 확실하다. 언청이 입을 본 순간 지안은 어떤 얼굴을 할 것인가. 몽치는 고개를 흔들며 그 순간의 지안의 모습을 안 보려고 눈을 감았다.

훈훈한 남풍은 곧 불어올 것이다. 닫혔던 창문들이 활짝 열리면 몽치는 더 이상 마스크를 쓸 수가 없다.

지안이 휴가를 받은 날 몽치는 지안과 함께 언덕 위에 올라가 해지는 것을 보았다. 다리를 건너 솔 냄새 풍기는 언덕 위에서 양지쪽을 찾았다. 둘은 무덤 앞에 이르러 싹이 움트기 시작한 뽕나무 아래 마른 잔디에 앉았다. 이른 봄, 저녁 안개가 저 먼 바다의 돛단배를 아련히 둘러쌌다. 지안의 얼굴은 저녁놀을 받아 불그레하다.

우리 사랑은

뽕나무 잎과 함께

자라났다고……

지안은 낮은 목소리로 노래한다. 두 눈을 반짝이면서 이리저리 둘러본다.

"여긴 내가 어렸을 때 뽕잎 따러 온 곳이야. 누에를 쳤었지. 매일처럼 비가 와도 여길 왔어. 한번은 내가 아파서 뽕잎을 못 따 주었더니 그만 누에가 다 죽지 않어. 그래서 얼마나 울었다구. 저 아래 소나무 숲에서 여기까지 눈 감고 올 수 있나 없나 하고 장난도 쳤었어."

어린 소나무 사이, 마른풀을 가리키며 또 말한다.

"조금 있으면 저기 진달래가 필 거야. 산초도 피고……."

"나는 겨울이 좋다. 차가운, 아주 차가운 바람이 부는 겨울이 좋다."

몽치는 신음했다. 지안은 놀란 듯 양미간을 모은 얼굴을 몽치에게 돌렸다.

"아이…… 찬바람 때문에 마스크를 못 벗는다면서? 그런데 어째서 겨울이 좋을까?"

하는 수 없이 몽치는 가만히 있으려니 지안이 말을 이

었다.

"우리 아버지는 장작을 넉넉히 사 오시지 못했어. 나는 너무 추워서 무릎에 턱을 얹고 새우처럼 웅크리며 잘 때가 많았어."

지안은 살짝 미소를 보낸다. 몽치는 지안의 손을 잡았다.

"지안아, 너 약속하겠어? 무슨 일이 있어도 날 사랑한다고."

지안은 몽치한테 바싹 붙어 앉으며 비단 저고리 고름을 쥐어 준다.

"아이, 그 말하기 전에 그 마스크 벗어 봐. 나는 너라면 한 가지만 빼놓고선 다 좋아. 얘기하는 입 모습을 보면서 네 진짜 목소릴 듣고 싶대두."

낮고 먼 목소리는 말을 잇는다.

"그래야지 내가 눈을 감아도 네 얼굴은 똑똑히 그려 낼 수 있잖어?"

몽치는 갑자기 일어나서 뽕나무의 딱딱한 껍질을 손톱으로 긁는다.

"왜 그러지?"

지안은 불안한 듯 물었다.

"아니다. 아무것도 아니다."

뽕나무 앞에 선 마음은 갈피를 못 잡고 회오리바람 속에 휩쓸리며 손은 자기도 몰래 입술을 더듬고 있다.

'지금 보여 줄까? 아니다. 지안이 나를 거짓말쟁이, 더럽고 흉측한 사기꾼이라 생각할 게다. 내가 지안의 꿈을 깨어 버리다니……'

몽치는 눈을 감았다.

지안이 들고 오던 조그만 찻잔, 그 둘레같이 완전한 사랑의 꿈은 찻잔에 입술을 댈 때마다 지안의 마음에 음악을 들려주었을 것이다. 지금 그 잔에 조그마한 금이라도 간다면 지안이는 모진 상처를—차라리 내가 그 잔을 버리고 음악도 잊어버리고 어디로 영 가 버리는 거다. 이 언청이 입술로 어두운 곳에서 저 진달래 꽃잎 같은 입술을 찾아 꼭 누른다면 어떻게 될까? 지안은 아파서 피를 흘리겠지. 그렇지만 지안은 사실을 알아야 한다. 사람마다 아픈 상처가 있는 것. 요즘 세상에 흉 없는 사람이 어디 있나? 그 상처 있는 곳이 다를 뿐이지.

지안이 소리 없이 몽치 뒤로 다가왔다. 따뜻한 숨결이 목덜미와 머리에 느껴진 순간 지안의 희고 날쌘 두 손은 몽치의 마스크를 떼어 젖혔다. 여자의 웃음소리와 가까이

61

오는 몸을 갑자기 느꼈다. 몽치는 지안을 뿌리쳤다.

"몽치!"

몽치는 애원하는 지안의 목소리를 물리치고 자기 울음소리를 들으며 달아났다. 얼마나 뛰었는지 모른다. 언덕 꼭대기에 이르러, 마른풀 위에 쓰러진 그는 얼굴을 땅에 부벼 대며 울었다.

드디어 좀 진정되었다. 산 너머 바람이 불어온다. 그는 자신에게 말한다.

'그 마스크가 없으면 한 치도 더 지안에게 가까이 못 가는 건가?'

흙을 움켜쥐고 있는 두 주먹을 부르르 떨면서 안간힘을 썼다.

'튼튼한 이 두 팔이 있어도 그까짓 헝겊 마스크 하나 떼내지 못하고.'

몽치는 몸을 일으켜 방향도 없는 발길을 떼 놓다 말고 저 아래 바다를 굽어본다. 습습한 밤이 사방에서 모여든다. 지안이 걱정되었다. 이 차가운 밤공기에 감기 들지 말고 어서 집에 돌아가 주길 바랐다. 저 아래 강물은 하고많은 슬픔을 덮은 긴 비단 폭인 양 누비쳐 흐른다. 둥그런 버드나무 숲은 어둠 속으로 들어가고 밤은 저물어 간다.

언덕 위로부터 외로이 돌아가는 지안의 모습이 보였다. 한길에 잇닿은 다리를 건너 저쪽 끝에 지안은 나타났다. 마차가 한 대 옆에 서 있었지만 흰 저고리를 입은 허약한 그 모습은 계속 걸어간다. 몽치가 허둥대며 몇 발자국 뛰어 내려가는데 벌써 지안의 그림자는 산모퉁이를 돌아 안 보이게 됐다.

그 후 여러 날 해가 언덕 위에 걸릴 무렵 붉게 물드는 산과 들을 넘어 몽치는 시내를 향하여 걸어갔다. 그러나 다리 못 미쳐서 으레 돌아왔다. 어두워 가는 푸른 하늘이 맨 처음 날 지안이 입고 있던 치마 빛으로 살아난다. 지안을 뿌리치고 달아났던 그 언덕을 보지 않으려 했다.

집집에 촛불이 켜지니 쓰라린 추억이 되살아오고 깜박거리는 그 불빛 아래 축음기에 기대선 지안의 모습이 뚜렷이 나타난다. 달밤이면 그 나무다리로 되돌아왔다. 버드나무 그늘에 숨어 서서 일을 마치고 돌아오는 지안의 모습을 엿보는 환상을 가지고.

봄은 무르익는다. 어느 날 몽치는 다리를 넘어 자꾸 걸었다. 몸이 '푸른 돛'으로 끌려가는 힘의 작용체 같다. 비린내가 확 풍기는 선창가에 햇살이 눈부시다. 다방이 보인다. 갈대로 엮은 발이 창문에 드리워 있고 바람에 발이

63

말려들면 안에서만 돌던 음악이 흘러나온다. 그는 발소리를 죽여 가면서 자기 기침 소리에조차 놀라 달아날 도둑처럼 걸어갔다. 문 옆에 이르러 귀를 기울였다. 지안의 가는 팔이 축음기 태엽을 감을 생각을 하니 가엾다.

'겨울의 사랑'이 새로 시작된다. 얼마나 좋은 음악인가. 도취된다. 가슴이 아팠다. 다른 시끄러운 소리를 막으려고 두 손을 귀에 모은다. 드디어 지안이 늘 서 있던 그 문에 손이 갔다.

갑자기 문이 안에서부터 확 열린다. 뭉치는 얼굴을 가리고 뒷걸음질 쳤다.

"왜 안 들어가? 차 마실 돈이 없나?"

귀에 익은 목소리다. 수염 긴 생선장수다. 사나이는 아직도 그 삼팔선 스타일 옷차림으로 한마디 던지면서 몇 발자국 가더니 뭉치를 알아본 모양이다.

"자네였구먼. 어디 나하고 같이 가서 얘기 좀 하세나."

뭉치는 얼른 그 남자를 따라갔다. 문 앞에서 더 이상 얘기할 수는 없다.

오가는 흥정 소리, 분주히 모여드는 사람들로 선창가는 왁자지껄했다. 사나이는 물었다.

"이봐 젊은이! 돈 벌고 싶지 않나? 큰 구멍인데."

몽치가 잠자코 있으므로 사나이는 바싹 얼굴을 갖다 댄다.

"자네 언청이구만, 그런 줄 몰랐는데."

몽치는 고개를 떨어뜨렸다.

"돈만 있으면 무엇이든 마음대로다. 돈만 많아 봐, 그 언청이두 고칠 수 있지. 수술을 받으면 감쪽같이 반반한 외양이 되지."

한참 뜸을 들이더니 사나이는 또 말한다.

"다방에서 자넬 종종 만나 보고 내 생각했지. 비밀을 지킬 수 있는 사람이라고."

몽치는 아직도 아무 말이 없다. 그러자 상대방은 더 한층 목소리를 낮추고 엄숙해지면서 턱으로 가시철망 쪽을 가리킨다.

"저 철망 안에 무엇이 있는지 아나? 요 며칠 전에 미제 타이어가 산더미처럼 들어왔다네."

몽치는 고개를 끄덕였다.

"그래서요?"

"우리가 말이야…… 자네하고 나하고 말이야, 그 타이어를 네 개만 훔쳐 내잔 말일세, 응? 알아들어? 산더미같이 쌓인 놈 중에서 불과 네 개만 말이야. 어때? 바로 오늘 저녁으로 자네 호주머니에 이천 원이 들어간단 그 말이야."

몽치는 속으로 생각했다.

'이 사람이 지안한테 내가 언청이라는 말을 이를지도 모른다.'

"왜, 못 믿겠나? 얼음이 없어서 생선이 푹푹 썩어 나는 판인데 빨리 외지로 실어 내야 한단 말이야. 그러니 자동차 타이어는 돌세가 나지 않나. 지금 타이어는 현금이야. 현금."

몽치 코밑을 가리키며 사나이 자신의 콧구멍이 벌름거린다.

"저 봐, 생선이 마구 썩는 냄새가 나지?"

몽치 팔을 덥썩 잡고, "가세, 오늘 밤 할 일을 가르쳐 줄 테니."

귀에다 대고 자꾸 소곤거리는 사나이를 따라가면서 몽치는 먼 딴생각에 사로잡히곤 한다. 그러나 잠 못 이룰 외로운 밤을 위해 바로 집으로 돌아가기가 두려웠다.

다방 옆을 지나갈 때 사나이는 말했다.

"나는 세상 안 다녀 본 데 없이 다 봤네. 한번은 언청이가 수술하고 장가가는 걸 봤지. 자넨 날쌔어 뵈네. 그저 눈

깜짝할 새 일은 되고 큰돈이 굴러들어 온단 말이야."

두 사람은 잿빛 한길을 나란히 걸어갔다. 가시철망 안의 보급 창고가 가까워진다. 뭉치는 정신을 바짝 차려 사나이 얘기를 들으려 했다.

어두워 온다. 뱃고동 소리가 보이지 않는 산에 부딪쳐 다시 울리는 짙은 황혼. 철망 울타리 안에 꺼뭇한 타이어 산더미가 보이고 라이플총을 든 보초병이 환한 불빛을 받고, 그 옆에 서 있다. 뭉치는 철망 울타리와 한길 사이 도랑으로 기어 들어간다. 진흙에 미끄러진 발이 그대로 쑥 빠져든다. 밖을 겨우 볼 수 있을 만큼 머리를 들었다. 울타리 나무 말뚝에 줄이 몇 개 매어져 있다. 일러준 그대로다.

"돈 좀 줘 가지고 부대 안에 있는 노무자더러 타이어 네 개만 줄로 묶어 놓고 그 줄끈을 가시철망에 묶어 두라 했지."

뭉치는 긴 끈을 바라본다. 끈은 흙과 자갈로 적당히 덮어 씌워 숨겨져 있다. 뭉치가 할 일은 타이어를 살살 이쪽으로 끌어내는 것이다. 다음은 그 타이어를 근처에 숨어 기다리고 있을 사나이에게 넘겨주고 막 뛰어 달아나면 된다.

안개 서린 불빛 속을 보초병이 저쪽으로 또 이쪽 타이어께로 서성거린다. 몽치는 주저주저하고 있었다. 목이 빳빳하다. 머리를 숙이니 시궁창 냄새가 새삼스럽다. 코를 막으려 하자 마스크로 가려지지 않은 언청이 입술이 손에 닿았다. 춥고 어둡고 비위가 뒤집힌다.

"째보입아!"

나지막이 불러 본다. 그 째보란 말은 몽치 속의 부드러운 모든 것을 송두리째 굳어 버리게 한다. 시궁창 위 풀이 보송한 둑에 머리를 기댄다. 안개가 걷히면서 포플러가 뚜렷이 드러나 보인다. 구름 사이 조각달과 별 떨기와 지안을 뿌리치고 달아나던 파르스름한 산허리를 스쳐 유성이 꼬리를 끌며 떨어져 간다. 지안의 손에 들린 마스크가 눈앞을 스쳐갔고, 자기를 부르던 여자의 목소리도 다시 들려온다.

발을 고쳐 디디니 또다시 더러운 시궁창 냄새가 코를 찌른다. 몽치는 생각한다. 뛰어 달아난 나를 지안이 용서해 줄까? 아무리 수술로 고친다 해도 아마 다 봐 버린 지안은 흉한 그 모양을 생전 잊지 못하겠지.

몽치는 왜 자기가 이곳에 서 있는지조차 잊고 있었다.

"자네 거기 쇠똥굴에서 잠을 자나?"

그때 사나이가 숨을 죽여 가며 소리쳐 왔다. 몽치는 주위를 살폈다. 보초병이 성냥을 긋더니 창고 저편으로 걸어간다. 외로운 노오란 불빛이 아무도 없는 타이어 무더기를 비춰 주고 있다. 그는 허리를 펴고 일어섰다. 신발의 진흙을 뿌리쳐 떨면서 장난이나 하듯 울타리 밑으로 올라섰다. 끈 하나를 잡고 겁 없이 끌어당겼다. 흰 줄이 공중에 떠올라 어슴푸레한 타이어 쪽으로 쭉 이어진다. 더 힘껏 잡아당겼다. 타이어 하나가 끌려 나왔다. 그 위에 쌓였던 것이 몇 개 털썩 굴러떨어졌다. 멈칫했으나 더 힘을 내어 끌어당겼다. 달려오는 구둣발 소리—보초는 누가 숨어 있나 하고 타이어 무더기를 살핀다.

몽치는 서둘러 줄을 잡아당겼다. 타이어가 굴러가는 것을 본 보초병이 놀라며 뭐라고 외마디 소리를 지른다. 몽치는 재빨리 가시철조망을 들어 올려 타이어를 잡았다. 불꽃놀이 때처럼 화약 터지는 소리가 연달아 울린다. 마치 몽치 귀 안에서 터진 것처럼 가깝다. 어깨 한쪽이 탁 밀렸다. 타이어를 잡은 손이 철썩 늘어진다. 그대로 도랑에 굴러떨어졌다. 물속에 잠긴 것같이 눈앞이 캄캄하다. 타는 듯한 어깨에 손을 대고 일어서려고 허우적거렸다. 순간 아버지가 논에서 너무 무거운 볏섬을 어깨에 지워 준 것이라 생각했다. 발이 진흙에 빠진다. 그 발을 잡아 빼려 하니 신발 한 짝이 벗겨져 나갔다. 몽치는 간신히 뛰어 달아난다. 그러나 갑자기 두 무릎이 꺾어지고 허공에 뜬 엉덩이는 하수구로 곧장 떨어졌다. 도랑둑에 머리를 의지했다. 한 대의 자동차가 요란하게 앞 한길을 지나갔다. 가슴 위까지 옷이 젖어 들어 몸에 찰싹 붙었다. 아픔이 어깨를 빙빙 도는 것 같아 신음한다. 다방으로부터 오는 비단실 같은 빛날이 눈앞에서 하나씩 자꾸 흔들리고 처지며 끊겨 나간다. 눈을 크게 뜨고 남은 실 가닥을 지켜보려 했다.

'지안이 보고 싶다. 다방에서 집으로 돌아오는 그림자만이라도.'

이윽고 발소리가 다가온다. 우뚝 멈추어 서더니 적막―한참 후 떠들썩한 사람들 소리와 함께 등불이 다가온다. 창백한 여러 얼굴이 몽치를 굽어본다. 몽치는 깔깔한 흙이 혀 위에 구르는 것 같고 목이 탔다. 누가 말한다.

"물을 주면 안 됩니다. 들것이 올 때까지 기다립시다."

들것이 오면 버드나무 숲 속의 우물로 데려다주겠지. 몽치는 기다렸다. 물그릇이 다가온다. 그러나 입에까지는 대어 주지 않은 것 같다. 얼굴들이 다가오지만, 물은 목을 축여 주지 않는다.

　그 얼굴들은 잔인해 보인다. 그들은 언청이 입을 보았으니까—그는 지안을 불렀다. 목을 축여 줄 한 모금의 물을 지안은 주겠지.

　'그 여자를 데려와요. 다방의 처녀 말이오!' 소리쳐 보려 했다.

　"물을 주시오. 죽는가 보오."

　아주 먼 목소리가 들려왔다. 물그릇이 입에 닿았다.

　마스크는 어디로 떠내려가고 저 산 밑 얼음같이 찬 옹달샘물을 그는 마신다. 가볍게 눈송이가 내리는 듯 차갑고 하얀 안개가 하수도랑을 메운다고 몽치는 보았다. 눈을 들어 감사하려 했으나 모두 낯선 얼굴뿐. 몽치는 더 자세히 보려, 잠들지 않으려 애썼다.

　"지안은 어디 있소?"

　"여기 온다!"

　등불 뒤에서 어느 목소리가 대답하자 모여 선 얼굴들이 갈라지며 길이 트인다. 몽치는 손으로 입을 가리고 밝은 빛을 피하듯 턱을 목에 묻는다. 물결치던 푸른 치마도 새하얀 지안의 얼굴도 보이지 않고 터질 듯 꼭 들어맞는 양복을 입은 뚱뚱한 계집애가 와서 몽치를 굽어본다. 몽치는 고개를 흔들고 손을 떨어뜨렸다. 말을 하려고 입술은 떨렸으나 이미 혀가 굳어 간다. 등불을 든 사나이가 허리를 구부려 내려다보며 설명한다.

"'푸른 돛'에 있는 레지를 부르고 있었소."

"내가 오기 전에 있었던 레지 말인가 보죠?"

뚱뚱한 계집애는 다시, "한 달 전에 그만두었는데……."

"지안이!"

이름을 중얼거리는 몽치 몸에 심한 경련이 온다.

"겨우내 아팠대요. 폐병이라나요? 그게 악화되어 주인이 그만두라 했다나요."

계집애는 설명을 하고서 몸을 돌리더니 그곳에 모인 사람들에게 속닥거렸다.

"그 여자도 아마 가을쯤 이 남자를 따라갈 거예요."

몽치는 그 계집애의 움직이는 입술을 지켜보았다. 지안의 말을 하고 있는 모양이라 생각했지만 들리지 않았다. 이상하게도 낯익은 광경이 하나씩 몽치 마음에 떠오른다.

보기 흉한 더러운 얼음덩어리가 녹고 방한 마스크는 저녁 바다 물결 위에 둥실 떠 있다. 간지럼 타는 눈사람이 햇볕 속에 웃고 있다.

누가 등불을 들어 몽치 얼굴을 비춰 준다. 테이블 위 가늘게 펄럭이던 촛불 같다. 축음기에 피곤한 몸을 기대고 선 푸른 치마 흰 저고리를 입을 여자가 보인다. 그 여자는 금 간 레코드판에 바늘이 걸린 것을 모른다. 음악은 한 곳에서 막히고 텅, 텅, 텅—되풀이되는 송곳 박는 소리가 몽치 골머리를 쑤신다. 저 바늘을 누가 조금만 들어 올려 주면 '겨울의 사랑'이 계속될 것인데.

몽치는 움직여 보려고 애썼다. 그러나 몸이 말을 듣지 않았다.

등불 빛이 회색으로 밝아지고 음악이 멀리 날아가는 벌소리처럼 가 버린다.

봄이 오면 그 여자는 아름다운 것을.

서커스 타운에서 온 병정
They Won't Crack It Open

딕이 없다. 정류장 안팎을 몇 번씩 둘러봐도 딕은 나타나지 않았다. 딕이 못 나왔으면 누가 대신 마중을 왔겠지. 실망을 누르고 정류장 앞에 나서서 나 혼자뿐인 동양인의 얼굴을 알아보도록 치켜올렸다.

"조, 자네가 미국 올 적엔 나한테 꼭 전보를 치게. 무슨 일이 있어도 내가 마중 갈 거야. 잊지 말아. 오케이?"

택시 운전수들이 손님을 부르는 틈으로 늘 하던 딕의 목소리가 귀에 쟁쟁했다.

저희끼리 안고 키스, 악수, 알 수 없는 큰 웃음을 터뜨리더니 다들 가 버렸다. 누가 쳐다만 봐도 딕이 보내서 왔느냐 물어보겠는데, 말을 걸어 볼 용기도 못 냈다.

택시 운전수가 또 부른다.

"이 차로 가지 않으려우? 어딜 갈 건데 그러슈? 젊은 양반."

"저어, 친구 자동차가 곧 와요. 한국에서 통역을 해 주다가 사귄 미국 병정 친군데 꼭 마중 올 거요. 전보는 쳐 났어요. 확실한 시간을 알리지 않아서 늦는가 봐요."

서툰 영어로 떠듬거리며 말했다.

"한참 잘 시간일걸, 기다려 봤자……."

어깨를 으쓱하더니 그도 가 버린다. 벽시계는 네 시가 좀 넘었다. 토요일 아침 일찍 도착한다고 전보를 쳤으니 까 좀 더 기다려야겠다.

딕과 내가 알게 된 맹아학교 어린이들 생각이 난다. 보이지 않는 작별에 더 슬픈 얼굴들이다.

"크라운(crown), 딕의 나라로 가서 만나 보고 편지할게 기다려" 했더니 그제서야 "선생님, 안녕히 다녀오세요. 안녕히 다녀오세요."

아침 바람에 하얀 입김을 뿜으며 몇 번씩 절들을 하더니 정류장이 텅 비었다. 마지막 빈 택시가 엔진을 거는 것을 달려가 붙들었다.

좌석에 앉으며 물었다.

"여기가 플로리다주 사라소타죠?"

운전수는 고개만 끄덕했다. 잊어버릴까 봐 여러 장 준비해 온 딕의 주소 쪽지 하나를 뽑아 주고 또 말을 건넸다.

"바로 여기가 '지상 최대의 서커스 타운'이죠?"

"'지상 최대의 쇼우'가 해마다 겨울을 피해서 오는 타운이 바로 여기요."

오색 네온사인이 아직 새벽 하늘에 밝다. 넓고 편편한 길을 마음대로 달려간다. 여기는 '지상 최대의 서커스' 행렬이 가는 그 거리다. 드디어 크라운 딕을 찾아왔구나. 나는 어깨를 펴고 턱을 가슴에 묻었다.

내 마음 가운데 <라이프>지 서커스 그림이 한 장씩 넘어갔다. 코끼리가 코 춤을 추고, 사나운 입을 벌린 사자들이 채찍도 안 든 사나이 말을 순순히 따르고 줄무늬 자켓 같은 가죽을 쓴 말들, '지상 최대의 서커스' 행진—가까이 섰던 애들은 눈을 더욱 허옇게 뜨며 그림을 만져 보려고 손을 들더니, 그 찬란한 그림 속에 내가 들어섰구나—나는 주먹을 꼭 쥐었다.

어느덧 공원 소나무 숲길로 들어서 가끔씩 하늘빛이 들어온다. '후라밍고새'니 '뗏목' '회오리바람', 빛을 잃은 전기장치 표식이 창밖으로 날려간다.

헬로 나라에 왔다. 지금 크라운 딕의 집엘 거의 다 왔다. 곧 크라운을 만난다…….

애들에게 쓴 편지 구절들이다.

'크라운', 나는 싱그레 웃었다.

부산으로 피난 온 맹아학교로 눈 먼 어린이들을 보겠다고 미국 병정이 찾아왔다. 딕이었다.

어느 날 딕은 <라이프>지 잡지를 가지고 와서 빨간 얼굴이 웃는 그림에 제 긴 코를 갖다 대고 열심히 클라운(clown)을 설명했다. '크라운(crown)', 소리치며 아이들은 바싹 가까이 모여들었다.

'클라운'이라고 아무리 일러 줘도 '크라운' 하며 신통한 듯이 애들은 자꾸 불렀다.

"얘들아, 크라운은 왕관이고 이 서커스 클라운은 코가 아주 크다. 너희들 코 두 개 뭉친 것보다 더 크다. 속이 아무리 답답해도 클라운은 귤 하나 들어갈 만한 큰 입 벌리고 웃는다. 익살을 부려서 남을 웃기기만 하는 것이 클라운이다."

그때 내 앞에 섰던 애는 희미하게 볼 수가 있었다. 이마에서 곧장 웃고 있는 입까지 내려온 딕의 코를 만져 보려는 듯 손을 뻗더니, "크라운 아저씨."

딕을 가리키며 그 애가 소리쳤다.

"이 아저씨가 크라운이지. 헬로 크라운."

하나도 못 보는 애들까지 따라서, '크라운, 크라운' 하며 좋아했다. 클라운은 애들 귀에도 목청에도 없는 모양이다. 딕 목소리만 나면 애들은 '크라운 아저씨' 하고 소리쳤다. 시력이 남은 애들이 창문께로 달려가면 다른 애들은 자리에 선 채 '크라운, 크라운' 하고 불렀다. 한 이틀 딕이 오지 않으면 애들은 자꾸 물었다.

"크라운(crown)은 어디 갔어요?"

희미한 빛 속에 아직도 잠을 자는 흰 집들이 지나간다. 차가 커어브를 돌았다. 몸이 기우뚱했을 뿐 소리도 안 낸다. 어느 훌륭한 집 앞에 내려설 순간을 기다렸다. 크나큰 유리창 너머 깊은 물 속과도 같이 보배를 가진 집들―사라소타의 '지상 최대의 서커스' 그림을 보여 주었을 때 애들이 "크라운 아저씨 집은 어디예요?" 하고 물었다. 내가 통역을 해 주니까 "이 그림엔 없지만 저쪽으로 아주 가까워" 하며 그림 가장자리께를 가리키지 않나.

딕의 귀국이 임박한 어느 날 같이 부산 거리로 나가 천천히 술을 마시며 이별을 아쉬워한 적이 있다. 그때도 미국에 올려면 자기에게 꼭 알리라고 당부를 했었다.

넥타이를 고쳐 매고 양말도 끌어 올렸다. 언제라도 저렇게 번쩍거리는 자동차 곁에 서서 주인을 찾을 수 있도록 준비했다. 딕이 맹아학교에서 말한 대로 텔레비전이 한 대나 두 대씩은 꼭 있을 집들이다.

자동차는 그대로 속도만 냈다. 순식간에 주택가를 벗어나 불빛 하나 보이지 않는 들판을 달렸다. 갑자기 속력을 내어 생각을 빼앗더니 지금은 오린지나무가 우거진 사이 울퉁불퉁한 촌길로 접어들어 모래를 파헤치며 흔들어 댄다.

하늘이 장님의 크게 뜬 흰 눈 같다. 이 운전수가 요금을 올리려고 일부러 돌아가는가. 이따금씩 길가 우편함 이름을 볼 뿐 가고 또 갔다.

평원이 한없이 넓어 보이고 우거진 잡초, 갈대밭, 도랑을 수없이 지났다. 딕은 왜 마중을 안 나왔담. 병이 난 게로군. 그러나 내가 미국 대학 스칼러십을 얻었으니 학교로 가는 길에 들르마고 편지했을 때 왜 아프면 아프다고 답장을 안 했을까.

먼 헬로 나라로 간 크라운을 만나 보고 자세한 얘기를 써 부치면 맹아학교 애들이 얼마나 반가워 하겠는가고 편지한 일도 있다. 그런데 답장은 오지 않았고 귀국한 후 그림 엽서가 하나 왔을 뿐.

"내가 미국에 가서 캔디, 좋은 양복, 새 구두를 많이 보내 줄게. 남이 안 쓰던 헬로 나라 새 물건을……"라고 한 그가. 나는 다시금 딕의 말을 통역해 본다.

택시가 펄떡 튀었다. 꼬부라져 돌고 비칠거리며 다 지워진 우편함 앞으로 갔다가 다시 상수리나무 그늘로 이끼 낀 오솔길을 굴러갔다. 판자집 앞에 낡은 지프차가 서 있는데 내가 탄 택시가 나란히 선다.

커튼 새로 불빛이 샌다. 빈집은 아닌 성싶다. 현관 앞에 강아지풀이 한 무더기 났고 거기 펌프 물을 푸는 늙은 부인은 쳐다보지도 않는다. 차를 돌리러 들어온 줄 아는가 보다. 나도 처음에는 그렇게 생각했다.

군대 바지를 입은 키 큰 남자가 느릿느릿 현관으로 나온다. 엷은 입술 위에 큰 코, 틀림없는 딕이다. 나는 뛰어내리며 택시 값이 얼만지 몰라 5불짜리 지폐를 꺼내 주었다. 딕한테 손을 내밀어 악수를 청하면서 또 허리를 굽혀 한국식 인사를 해 버렸다.

쑥 패인 양 볼에 약간 웃음을 띤 그의 얼굴은 처음 만나는 사람 모양 딱딱했다. 순간 딕의 동생이 아닌가 의심이 났다.

택시 운전수는 1불을 거슬러 줄 뿐이다. 딕이 말하던, 서양의 예절인 팁 생각을 하고 그 돈은 운전수에게 도로 주었다. 삐걱거리는 문을 열고 딕이 집 안으로 안내한다.

노오란 전등불이 쩔은 천장과 고르지 못한 마룻바닥을

비친다. 창문가의 긴 의자에서 베개와 담요를 치우고 앉으라고 한다.

물 바께스를 두 손으로 간신히 들고 아까 그 부인이 들어온다. 허리가 구부정하고 위를 보는 것처럼 두 눈을 치켜떴다.

"어머니 조군이에요"라고 딕이 말하자 돌아보지도 않은 채 "잠깐 실례해요" 하며 부엌으로 사라졌다. 문 옆께 반쯤 걷힌 간막이 커튼이 있었다. 바께쓰를 들어 주려고 일어선 내 눈에 언뜻 커튼 건너 스토브와 장작더미가 보였다.

긴 의자로 돌아오며 애들에게 늘 얘기하던 텔레비전은 어디 있는가 궁금했다.

"조, 택시 값은 내가 낼게."

딕이 5불 지폐를 손에 들고 있다.

"천만에."

나는 손으로 포켓 뚜껑을 덮었다. 딕은 우겨 댄다.

"금년엔 피한객이 많아 안내를 하면 돈벌이가 되네. 자네는 대학에서 돈 들 데가 많을 테니 넣어 두게."

커튼 너머서 어머니 목소리가 헐떡였다.

"얘, 딕아."

내 주머니에 돈을 우겨 넣고야 딕은 어머니한테로 갔다.

"어쩔라구 또 헤푸게 구냐. 매리랑 올가 보고 크리스마스에 오라고 했는데."

"어머니, 아무것도 아닌데 뭘 그러쇼. 떠들지 마쇼. 어머니 모르는 일이요."

어머니가 쏘아붙인다.

"넌 만날 아무것도 아닐 테지. 잘 못 본다구 귀두 먹은 줄 아냐. 곤드레가 돼서 돌아올 적마다 암만 마시지 않았대두 술 냄새가 나더라. 내 다 들었다."

딕은 칸막이 커튼을 젖혀 놓는다.

"어머니, 조군이 왔는데 왜 부엌에만 계시우."

허름한 치마에 물손을 훔치면서 큰 신을 질질 끌고 오더니 표정 잃은 얼굴로 "와 주어 반가우" 한다. 내가 인사하려 일어나는데, 딕이 "밥이나 하세요."

자기 어머니 등을 슬쩍 민다.

가끔 "아이구 맙소서" "하나님 제발" 부엌에서 딕 어머니가 혼자 중얼댄다.

큰 기지개를 켜더니 딕은 전등 스위치를 비틀었다. 불빛이 꺼지니까 방안이 다 시원했다.

"조, 거기 누워 좀 쉬게. 곧 다녀올게."

딕이 나갔다. 지프 소리가 사라지니 중얼대는 게 또 들렸다.

"돈을 빌리러 나간 게로군. 크리스마스 선물을 살려구. 그 비싼 물건들을 무슨 재주로 살라누. 맙소서."

새벽 바람을 쐬고 싶었다. 부엌문 옆에 놓인 의자에다 아까 그 5불을 놔 뒀다. 잡초 속에 몇 떨기 부용꽃이 피어 있는 가시철망을 따라 집 뒤께로 가 보았다. 대여섯 마리 젖소가 한데 몰려 서 있었다. 소들을 보며 딕의 서먹한 태도를 생각해 봤다.

"미스터 조, 돈을 놔 주셨군요."

말소리에 놀라 돌아다보니 딕 어머니였다. 선물을 받은 것처럼 좋아하면서 "딕이 마중 나가지 못해서 안됐어요. 나쁘게 생각진 마우. 전보를 받았지만 당신이 여기까지 찾아올 줄은 몰랐어요. 보시다시피 집은 보잘것없고 살림도 없지만 나는 부끄럽게 생각하지는 않아요."

말이 물처럼 자꾸 흘러나온다.

"딕은 꿍꿍 앓았다오. 당신이 우리 집을 보시면 미국 인상이 나빠질 거라구요."

내 얼굴을 자세히 보고 싶은지 바싹 와서 들여다본다.

아주 크게 입을 벌려 말을 하는데 하도 눈을 찌푸리는 통에 그의 눈빛이 무슨 색깔인지 알 수가 없다. 나는 할 말이 생각 안 나서 가만히 있었다.

"우린 루마니아에서 이민을 왔답니다. 처음엔 아이오와에서 살았어요. 딕 아버지가 돌아간 담에 이리로 왔죠. 딕은 어렸을 때부터 제 어머니를 창피해 했다우. 헌 옷을 입고 엉터리 영어로 말을 하는 게 부끄럽다는군요. 한번은 동네 애들이 놀고 있는 앞으로 소가 지나가면서 똥을 싸잖아요. 바구니를 들고 가서 딕을 불렀죠. 우리 루마니아에선 쇠똥을 말려 뒀다가 겨울에 땠어요. 한국서도 그렇겠죠? '쇠똥을 쓸어 담어.' 딕 보고 일렀더니 못 들은 체하고 달아나요. 할 수 없이 내가 긁어 모았죠. 애 녀석들이 눈이 휘둥그레서 뭣에 쓸 거냐고 묻길래 '이건 말렸다가 겨울에 연료 대신 쓴다'라고 가르쳐 줬어요. 아 그랬더니 딕이 나중에 골이 나서 집에 와 가지고 며칠씩 말을 안 해요. 벌써 옛날 일인데 골만 나면 아직 그 얘기를 끄집어내요. 손님이 오면 시내로 나가서 레스토랑 식사를 대접하고 술까지 사는가 봐요. 어디 한번 집에서 식사를 합니까. 좀 전만 해도 딕이 당신을 데리고 레스토랑으로 영화관으로 돈을 흘리고 다닐까 봐 조마조마 했다우."

울먹하면서 말을 잇는다.

"딕은 착한 애예요. 한 가지 탈이 괜히 잘난 체, 잘 사는 체하고 허세를 피워 걱정이죠. 굉장히 수지맞는 일을 해서 벼락부자가 되든지 하루 아침에 유명해져서 사람들을 놀래 줄 꿈만 꾸거든요. 얼마 전에두 우리 교회 양반이 자기 오린지 밭에서 일해 보지 않겠느냐 하시잖아요. 속 그만 썩이고 갔으면 좋으련만 영 마대요. 잡지 구독 신청을 맡는답시고 다니거나, 피한객 안내한다고 돌아다니기만 해요. 그래도 한국전쟁에 나갔을 땐 잘해 줬다우. 빼놓지 않고 매주일 편지를 했어요. 그러더니 웬걸, 집에 와서는 말 한마디 정답게 걸어 줄까, 꺼떡하면 나한테 대들어요. 엊저녁이 아니라 그러니까 오늘 새벽이구먼, 술이 취해서 집에 왔길래 돈을 좀 달라구 했어요. 아 버럭 역정을 내면서 한국 고아들한테 크리스마스 선물을 사 보내야 할 텐데 무슨 돈이 있느냐 해요."

꾸부정하니 집 안으로 걸어 들어가는 딕 어머니를 바라보며 나는 지금 미국에 와서 미국 여자와 얘기를 한 것일까? 아니면 한국에 있는 건가, 고개를 흔들었다.

울타리를 따라, 이 말뚝에서 저 말뚝으로 걸음을 옮겨 본다. 딕은 늘 유쾌한 친구였다. 에스컬레이터를 설명해 주느라 껑충껑충 개구리마냥 뛰어 보였고, 서커스에 나오는 동물의 울음을 흉내 내고 텔레비전 그림을 애들한테 만지게 했다. 한국을 떠나게 될 무렵 담요와 통조림 음식을 지프 차에 실어다 준 적도 있다. 나중에 도난물을 조사한다고 미 헌병이 왔다 간 적이 있긴 하지만, 여름 바다에 나가면 '내 이제부터 지상 최대의 쇼우를 한다!' 하고 선창 위 전신주로 올라가 다이빙을 했다. 떠오를 때는 전복 따는 해녀의 휘파람 소리 흉내를 냈다. 구경하러 모여든 사람들을 보고 신이 나서, "조군, 바닷속으로 뛰어 들어가는 건 악귀를 쫓아 버리기 위해서라고 설명해 주게"라고 했다.

지프 소리가 난다. 차를 집 앞에 멈추고 딕은 안으로 들어간 모양이다. 소들이 빠끔히 쳐다보는 것을 버려두고 나는 '서커스 타운에서 아주 가깝다'고 딕이 말한 그 집으로 갔다. 부엌 창문께로 내 이름을 말하는 소리가 들리고 또 '내가 어디 그 돈 돌려 달라고 한 줄 아니, 아니다' 하는 소리가 났다. 다투는 걸 엿듣는 것 같아 망설이는데 딕이 볼멘 소리를 터뜨렸다.

"조는 우릴 거지라고 생각할 거 아니오. 가난한 게 무슨 자랑거린 줄 아슈, 별의 별 소릴 다 했죠?"

"딕, 얘가 왜 이러냐, 듣기 싫다."

어머니는 목이 메인다. 나는 헛기침을 하며 현관으로 올라섰다. 가까스로 웃음을 지은 딕이 문을 열어 준다.

"난 가야겠네. 크리스마스 휴가가 되기 전에 대학 학장을 만나야 되겠어."

딕의 눈 속 실망의 빛을 안 보려고 어머니한테 인사했다.

"안녕히 계십시오."

딕과 함께 낡은 지프에 올라탔다. 차 바닥에 잔뜩 쌓인 것은 잡지 등속이다. 발동 걸 생각은 않고 멀거니 앉았던 딕이 말했다.

"조, 일요일 오후까지만 머물 수 없나. 그러면 서커스를 구경할 수 있어. 그새 난 한국에 보낼 소포를 꾸려서 자네한테 맡길게. 자네가 한국말로 주소를 써 주면 틀림없이 잘 들어갈 거다. 그렇게만 해 주면 난 안심이다."

"딕, 난 가야겠는데."

무뚝뚝하게 말했다 싶어 설명을 붙였다.

"가방이랑 다 정류장에 맡겨 둔 채 잠깐 들렀어. 얼굴을 봤으니 가지 뭐. 처음서부터 묵고 갈려고 온 게 아니야."

천천히 차를 돌리는데 상수리 나뭇가지가 와수수 차 지

붕을 스친다. 딕 어머니 목소리가 났다.

"잠깐만 기다려 줘 얘야."

종이 주머니를 손에 흔들어 뵈면서 달려온다.

"조씨, 이거 아침 식산데 가져가 자시우. 밖에서 사 먹으면 비싸요."

그 주머니를 받으니까 또 꼬기꼬기 말린 1불짜리와 25전짜리를 주면서 "이걸루 맹아학교 어린이들 크리스마스 선물을 사 줘요" 한다. 딕이 난처한 듯이 웃고 고개를 흔든다.

"어머니, 꾀죄죄한 조그만 선물을 보낼 수야 있우. 그 돈으론 안 돼요."

나는 얼른 돈을 받고 터질 것 같은 엔진 소리에 못지 않게 큰 소리로 말했다.

"대단히 고맙습니다. 애들이 참 좋아할 겁니다."

시내로 가는 길엔 딕도 나도 말이 없었다. 정류장 가까이 오도록 기분을 돌릴 얘깃거리가 없을까 하고 궁리했다. 깨진 차장으로 고층 건물이 우뚝우뚝 솟아 있는 게 보인다.

"이 거리가 바로 '지상 최대의 서커스단'이 행진하는 그 길이겠지."

나는 혼잣말처럼 중얼거리고 나서 목청을 높여 물었다.

"그렇지, 딕?"

딕은 아무 말이 없다. 아차, 싶었다.

"겨울에 여기서 해수욕할 수 있나? 어때, 할 수 있어?"

그제야 딕이 대답한다.

"버스 타러 가기 전에 해안을 드라이브하자."

딕은 한 손으로 차를 몰면서 또 한 손으론 차 안 서랍을 열고 위스키 병을 꺼냈다.

"조, 미국 막걸리 좀 먹을래?"

나는 머리를 뒤로 젖히고 안 마신다고 했다. 딕은 혼자서 마셨다.

"자네가 늘 얘기하던 모래사장의 종려나무를 보고 싶다."

우리 고물차는 다음 골목에서 요란하게 커브를 돌더니 전속력으로 얼마 동안 달렸다. 아주 길고 큰 돌다리를 지나 빽빽한 소나무가 하늘을 가린 숲속 길이 되었다. 약간씩 이는 바람결에 소나무 가지가 비끼는 사이로 하늘이 희끗희끗 보인다. 오늘 날씨가 좋을는지 궂을는지 아직 알 수 없는 이른 아침, 속력을 늦추면서 딕이 말했다.

"저기, 종려나물세."

나는 종려나무, 텔레비전 다 귀찮고 에스컬레이터, 전기눈에도 이제 흥미가 없었다. 고향이 그립다. 눈먼 애들 조그만 그림자가 비치는 초가지붕 밑 종이문이 더 보고 싶다. 애들이 '선생님' 하고 가까이 다가오는 듯하다. 물결 거품 사이로 갈매기 떼가 날고 건너편 오랜 물결에 씻긴 고층 건물이 뼈대만 앙상하다. 그 집 꼭대기에 높은 탑이 솟아 있다. 딕에게 말을 걸었다.

"자네 한국 있을 땐 전선주 꼭대기서 다이빙 잘했잖나."

딕은 말없이 한참 차를 몰더니 갯가 귀리밭 앞에 급정거를 했다. 내 말이 그제사 들렸는지 대답을 했다.

"나도 지금 그 생각을 하던 참야."

그리고 물었다.

"우리 애들은 다 잘 있는가."

"잘들 있어. 오늘루 당장 편지를 써야겠어."

"아직 내 얘길 하나? 아직도 날 클라운이라 부르나?"

이렇게 묻더니 발음을 고쳐 "크라운, 크라운" 하고 뇌어 본다. 그의 얼굴에 웃음이 빙긋이 떠돌았으나 이마의 굵은 주름살은 펴지지 않는다. 핸들에 몸을 기대고 딕은 시

름에 겨운 말소리가 됐다.

"뭐라고 쓰려나?"

"글쎄, 아직 생각 안 했어."

놀에 아롱진 구름이 뜨고 그 아래 빛나는 바다와, 바다 건너 산 그림자 너머 먼 곳을 바라보면서 딕이 중얼거린다.

"참 나도 모르겠다. 두 번 다시 못 만날 애들인데 그 애들이 나를 어떻게 생각할 것인지가 제일 마음에 걸린다. 여기 사람들이 이러니 저러니 하는 것은 그대로 다 듣고 흘려버리지만 걔들이 나를 나쁘게 생각한다는 건 상상만 해도……."

"그 애들이야 얼마나 자네를 좋아했나. 딕, 애들은 자네를 잊지 않을걸세."

"조."

딕은 처음으로 내 얼굴을 바로 봤다.

"아까는 괜히 미안해. 용서하게."

대답을 기다리지 않고 말을 잇는다.

"우리 어머니는 좋은 사람이다. 내가 그렇게 화를 내는 게 잘못이지. 한국전쟁에 내가 가게 돼서 어머니는 혼자 되셨지. 내가 없어진 후 눈이 잘 안 보인다고 군에 내 귀국 탄원서를 낸 일이 있어. 나는 어머니한테 잘못한 일들이 생각나서 마음이 아팠다. 눈이 안 보이면 어떻게 되는가 궁금해서 그 부산 맹아학교를 찾아갔어. 눈먼 애들을 보니까 무슨 짓을 해서라도 기쁘게 해 주고 싶었다. 나는 미련해서 피난살이를 해도 인정이 많은 한국 사람의 멋을 따르진 못했다. 애들을 위한다고 '미국에 가면 무엇을 사부치고 무엇도 보내 주마'라는 얘기만 했다. 조, 그 애들이 실망할 말은 말아 주게."

갈매기 떼가 모래사장이 하이얗도록 날아 들어와 배고픈 소리를 지른다. 딕과 나는 약속한 것처럼 싸 받은 아침밥 주머니를 들고 나가서 토스트, 삶은 계란, 베이컨을 하나씩 하나씩 하늘 높이 던져 줬다.

갈매기 떼는 겹겹이 모여들었다가 먹이를 문 놈을 선두로 날갯짓도 힘차게 기쁜 듯 아우성을 치면서 날아가 버린다. 딕은 빈 봉투에 바람을 불어넣어 '빵' 하고 터트렸다. 내가 큰 소리로 말했다.

"애들한테 우리가 여기서 즐겁게 논 얘기를 써 보낼 테야."

딕이 자동차로 달려가 위스키 병을 꺼내더니 홀딱 들이마시고 빈 병은 귀리 밭 속에 던졌다.

"아리랑 아리랑 아라리요—."

불빛을 받고 무대에 올라선 배우같이 얼굴이 빨개서 노래를 부른다. 춤을 추더니 거기 쓰러졌다. 모래 위에 벌떡누워 몸을 뒤척거리며 '아리랑'을 띄엄띄엄 흥얼거린다. 뿌리가 드러난 물가 소나무에 기대서서 딕이 일어나기만기다렸다. 크게 올라오고 또 꺼지고 규칙적으로 딕의 가슴이 파도치는 게 뵌다. 이름을 불러도 깨지 않고 못 알아들을 소리를 웅얼거린다.

"뭐라구, 어머니, 오린지…… 밭에…… 가서 일하겠소."

조수는 차츰 빠져나갔다. 할 일 없이 모래 위에 '메리 크리스마스 딕' 낙서를 한다. 그러나 버스 탈 생각에 초조해졌다. 딕은 흔들고 불러도 깨지 않고 코를 골며 입술을 쫑긋거린다. 어깨를 잡아 흔들고 큰 소리로 불렀다.

"누가 날 깨우냐. 개놈의 자식. 난 크라운이다. 이놈."

딕은 골을 내며 잔다. 조수가 밀려오면 깰까 그때까진안 일어날 거다.

마지막으로 돌아다봤을 때는 코를 골고 있었다.

'잠만이 심상한 뿌리를 뺄 것이다.'

나는 속으로 작별 인사를 했다. 다른 병정들도 가끔 그렇게 하는 모양이었다.

아까 지나온 그 큰 돌다리께로 오니 한 무더기 야자 열매가 놓여 있다. 간판에는—한 개씩 집에 선물로! 단돈 25전—이라 쓰여 있다. 한 개를 골라 들고 돈을 놓고 나오며 어떤 사람이 주인일까 생각해 본다.

낯선 과실을 팔에 끼고 시내로 들어가 딕이 말하던 '지상 최대 서커스단'이 행진했다는 그 거리로 왔다.

한 마장쯤 더 가서 우편국이 있었다.

한국 부산 맹아학교 어린이들에게.
미 합중국 플로리다주 사라소타
크라운으로부터

클라운으로 썼다가 지우고 다시 크라운으로 고쳐 썼다. 창문으로 디미니, 계원이 나를 올려다보고 "야자 열매를 한국으로요? 뭣 하려구요?" 하며 무게를 단다.

"한국엔 식량이 없어 다 굶는다는데 비싼 송료를 들여 이걸 부치나요?"

나는 대답을 안 하고 속으로 뇌었다.

'미 대륙을 넘어 태평양 건너 한국의 바닷가 동네로 가

는 신기한 열매.'

애들은 이 기이한 열매 앞으로 모여들어 한 번씩 안아 보려고 법석을 하겠지. 야자 열매 그림자라도 만져 보려고 두 손을 뻗으면서 크라운 얘기에 웃음판을 벌이겠지. 그러다가 의논하겠지.

'…… 아냐, 아냐 이걸 깨서 뭐가 들었나 꺼내 보지 말고 이대로 두자. 그래야 두구두구 가질 수 있다…….'

"자, 자."

계원이 창문을 연필로 톡톡 친다.

"송료 팔십 센트."

선물 꾸러미를 들고 사람들이 벌써 등뒤에 밀려닥친다. 나는 얼른 1불을 내놓고 나왔다.

"거스름 받아 가시오. ……여보" 하는 소리를 들었으나 그대로 뛰어나왔다. '클라운 크라운.' 발음해 보다가 비슷비슷한 두 말의 구별을 단념하고 정류장을 향해 '지상 최대의 서커스타운'을 걸어갔다.

밤배

From Here You Can See The Moon

그 배는 계절과 함께 쭈그러든 것같이, 고향으로 가지
도 못할 것같이 내가 기억했던 것보다 아주 작아 보인다.

많은 선객들을 보자 나도 그 틈에 끼었다. 배에 오르니
생선, 해초 냄새—이제야 고향에 들어선 것 같다. 옷 보
따리를 든 사람들을 밀어붙이며 선실 불빛을 향해 앞으
로 갔다.

부인네들은 저마다 애들을 거느리고 누워 있고, 자개판
장사꾼들—어디 앉아야 할지 모르겠다. 선실 유리창이 덜
커덕거리기 시작하고 배가 부산 앞바다로 나가도록 나는
자리를 못 잡고 서 있었다. 누군지 술기운에 흥얼거리고
있을 뿐 다들 꼼짝을 아니한다. 밤배 손님은 전에도 이렇
게 지쳐 있었다.

둘러보아야 아는 얼굴 하나 없다. 나를 알아보는 얼굴
도 없다. 통로에 가방을 내려놓으니 옆자리에 앉은 젊은
여자가 몸을 조금 당겨 준다. 너무 고마워서 머리를 숙여

인사했다.

찬바람이 매몰차게 불더니 웬 구두닦이 애가 달려와서 막 벗으려는 내 구두를 잡는다.

"아저씨, 약 많이 칠할게요."

나는 머리를 저었다. 무릎을 모으고 간신히 올라앉았다. 그러나 여자의 번쩍거리는 옷자락을 밟은 것 같아 사과를 한다. 짙은 화장을 한 여자의 눈초리엔 잔주름이 많았다. 문이 또 열린다. 커다란 광주리를 인 채 허리를 꾸부린 할머니가 찬바람에 휘말려 벌벌 떨면서 들어왔다. 광주리를 내려놓고야 문을 닫는 할머니 등으로 선객들의 성난 눈초리가 몰려들었다.

"뜨끈뜨끈한 김밥 사이소. 뜨끈뜨끈한 저녁 안 묵을랍니꺼."

할머니는 통로에 내려놓은 광주리 앞에 쪼그리고 앉아서 여러 번 소리쳤다. 주위의 얼굴은 화가 풀리지 않은 채쳐다볼 뿐이다.

김밥과 꼬챙이에 낀 오징어무침을 구두닦이 애가 큰 눈으로 내려다본다. 무릎을 기운 바지, 가느다란 목, 배가 고픈 모습이다. 큰 물결이 창문을 들이치니 배는 굼실굼실 몸째로 흔들린다. 이제 두서너 시간이면 고향 산판에 내려 밤에 휩싸인 선창가를 아무도 모르게 나는 집으로 돌아갈 것이다. 10년 동안을 낮배로 돌아와서 고향 사람의 웃음이 가득찬 부두를 보기 소원했건만.

옛날에는 부산에 있는 형을 만나고 늘 밤배로 돌아왔었다. 형에게 얻은 돈으로 화구를 사 가지고.

"그게 뭐꼬? 물감하고 붓하고 도화지라고? 나도 니 같은 형님이 있었으믄 얼마나 좋겠노. 아무 일 안 해도 그림이나 자꾸 그리고 있으믄 안 되나?"

그 말이 듣기 싫어서 일부러 나는 밤배를 탔었다.

오랫동안 외국에 머물다가 돌아오는 지금, 옛날같이 슬픈 마음이 어이 드는 것인지 모르겠다. 비행기로 귀국할 때나 서울서 부산까지 오는 기차 안에서도 이런 쓸쓸함이 없었는데. 형 집에서 하룻밤 묵고 낮배로 올 것을. 형은 지 사니까 그 집을 찾기는 쉬운 일이었을 텐데.

많은 고향 사람들의 환영과 환송을 받으면서 형은 으레 낮배를 탔다. 이번에 나 역시 숨어서 고향에 가는 게 아니다. 그런데 왜 밤배를 탔으며 내 몸을 숨기듯 선창가를 가는 생각을 했을까. 나는 이제 유명하게 되었다. 미국 박물관에서 내 작품을 사들였고 또 일류 잡지가 그 그림을 사진판으로 내놓았다.

물결 소리가 점점 높아오고 선실은 더 추워졌다. 트렁크를 열고 담요와 자켓을, 그리고 잡지도 꺼냈다.

"아저씨 때 하나 없이 닦아 드릴게요."

구두닦이 애가 다시 애걸한다. 여위고 노오란 얼굴에 소름이 쫙 끼쳐 있다. 그러나 어두운 밤에 촌길을 갈 내가 이 애를 위해서 구두를 닦게 할 것까지야 있겠는가. 빨간 줄무늬 자켓을 양복 위에 둘렀다. 어쩐지 이상한 눈으로 사람들이 나를 쳐다본다. 옆의 여자는 노골적으로 내 얼굴과 자켓, 헝겊을 댄 팔꿈치를 훑어봤다. 내가 담요를 권하니 여자는 살그머니 발을 넣는다.

뉴스나 읽으려고 했는데 잡지는 저절로 내 사진과 그림 '성난 부엉이'가 선명하게 박힌 예술면으로 펼쳐졌다. 나는 아버지에게 이것을 보일 작정이다. 이것은 형이 국민학교 때부터 받아 모은 상장이나 통신부보다 더 좋다. 상장을 손에 들고 뛰어 들어오던 형의 모습. 그것을 받아 쥐고 기뻐서 어쩔 줄 모르며 흙벽에 붙이던 아버지. 손님이 오면 으레 그 흙벽을 쳐다보며 칭찬들을 했다.

"우리 마을에도 신동이 났소, 하! 이 집 큰아들은 지 하고 싶은 대로 뭐든지 시키시소. 작은놈이 농사일하믄 안 되오."

그럴 때마다 아버지 얼굴은 술 취한 것 같이 벌게지곤
했다. 내 것이라고는 붓글씨 한 장을 붙여 봤을 뿐. 제일
잘된 붓글씨였는데 그것도 반나절이 못 가서 떼어 버리
고 말았다. 마을 주막 대문에 큼직한 글씨로 멋지게 흘려
쓴 '此處看明月(차처간명월)'이란 종이가 붙은 것을 보고
열심히 연습해서 그중 한 장을 골라 형의 상장 위에 붙여
났다가 아버지에게 들켜서 매 맞고 말끔히 내 자신이 떼
어냈다.

그때 일을 생각하면 지금도 뜨거운 피가 이마로 솟구친
다. 그 다음부터는 몰래 숨어서 '此處看明月'을 연습했고
잘된 것은 아버지 눈에 잘 띄는 서랍 속에 숨겨 두었다.

잡지를 내려놓았다. 눈이 아프다. 너무 오래 그림만 쳐
다본 모양이다. 구두닦이 애가 아직껏 내 신발 옆에 쭈그
리고 앉았다가 내 무릎 위에 놓인 잡지 그림을 건너다본
다.

"보고 싶으면 봐."

소년은 잡지를 받아 구두닦이 상자 위에 놓고 밖으로
뛰어나갔다.

"구야! 이리 오이라!"

바다 거품을 휩싸 쥔 차가운 바람을 타고 파도 소리가

몰려 들어온다. 잠을 깬 한 사나이가, "쥐새끼 같은 놈!"
하고 욕을 한다.

열어젖혀진 문을 닫으러 갔을 때 아이들의 말소리가
들렸다.

"야! 구제품 저고리 입은 그 사람이 그림책 보라칸다."

아이는 저보다 좀 큰 구두닦이를 데리고 들어왔다. 문
을 쾅 닫고 와서 쭈그리고 앉더니 책을 펼친다.

'이 자켓이 구제품이라?'

혼자 웃었더니 사람들이 나를 본다.

하기야 부산에 잠깐 머무는 동안에 미제 티셔츠나 골프
자켓, 스포츠 코트를 입은 사람을 많이 보았다.

"저는 지금 미국에서 돌아오는 길입니다."

여자에게 말을 붙였다. 옷은 허름한 것이지만 구호물
자가 아니라고 변명하려는 것이다. 그러나 미국에 있을
때 오버가 없어 추워 보인다고 이 자켓을 준 친구 생각
이 났다.

배는 덜 흔들리고 좀 전까지 떠들던 주정꾼도 조용해졌
다. 분 냄새 나는 여자의 머리가 내 어깨에 살짝 기대 오더
니 색색 잠이 든 것 같다. 구두닦이 애들은 코가 닿을 만큼
바싹 얼굴을 들이대고 잡지 그림을 보고 있다.

젊은 배꾼이 선실로 들어왔다. 약이 오른 수탉 꼬리처럼 번들거리는 포마드 머리를 치켜들고 자는 사람을 모두 깨워서 뱃삯 50원씩을 걷는다. 뱃삯을 혹시 깎아 보려고 빈 호주머니를 뒤집어 보여도 소용이 없다. 아이 뱃삯을 두고 제일 오래 승강이를 했다. 나는 백 원짜리 한 장을 주었다. 옆의 여자는 모르는 체 앉아만 있었다. 혹시 돈이 없어 그러는가도 싶어 엉겁결에 나는, "우리 두 사람 거요" 하고 말했다. 뱃사람은 거스름돈 50원을 불쑥 던지고 거만하게 한 번 쳐다보더니 여자와는 제법 아는 체한다. 통로로 내려가면서 갈퀴발 같은 손바닥을 구두닦이 애들 앞에 쑥 내밀었다.

큰애가 말했다.

"선장 구두 닦기로 했소."

"이 쥐방울 같은 간나 새끼 봐라. 내 구두 번쩍번쩍하게 안 닦으면 알지? 찬물에 집어넣을 끼다. 헤엄쳐서 가라."

꼬기꼬기 뭉친 일 원짜리 나부랭이를 펴서 세고 있던 김밥 장수 할머니한테서는 덮어놓고 김밥 한 개와 오징어 두 마리를 집는다. 할머니는 질겁하며, "뱃값보다 더 많이 묵는다."

늙은 턱이 흔들린다. 뱃사람은 꾸겨진 돈뭉치를 나꿔채

어 세어 볼 것도 없이 호주머니에 처넣었다.

"뭐라고? 할매는 노상 반값밖에 더 냈소? 보소 할매, 할매가 어디 어린애요?"

불룩한 뱃사람의 바지주머니를 건드리고 할머니가 이빨 없는 잇몸으로 웃는다.

"흥, 내사 다 안다. 이 돈 선장한테 다 갖다 줄 건가?"

남자는 때릴 것같이 손을 들더니 싱긋 웃었다. 애들은 오징어 씹는 입을 멍하니 올려다본다. 그가 나간 뒤에도 배고픈 입을 다물지 않았다. 한참 만에야 단념한 듯 고개를 숙이고 다시 잡지를 들여다본다.

"이건 밥을 못 먹어서 곯았네."

작은 아이가 웃는다. 그의 손가락은 최신 유행 모드를 걸친 날씬한 모델을 가리키고 있다.

"애들아, 너희들 뭐 쫌 먹어라."

내가 말하니까 누구 다른 사람에게 그러는 줄 알았던지 뒤를 둘러본다.

나는 김밥이 든 광주리를 가리키며 다시, "뭐든지 먹어라, 먹고 싶은 것을 마음대로 먹어도 돼. 돈은 내가 치를게."

할머니가 급히 광주리를 가지고 온다. 작은애는 김밥을

지켜보며 손등으로 입을 문지른다. 큰애가 잡지를 공손히 돌려주고 구두닦기 통을 어깨에 둘러메더니 제 친구의 손을 잡아끌었다.

할머니는 오징어를 하나 흔들어 보이며, "이 사람이 묵으라고 안 했나, 묵어라!"

작은애가 자꾸 돌아다보며 큰애 뒤를 따라간다.

"가지 말아! 내 것 사 묵어라, 묵으라꼬 안 하나!"

못 들은 체 큰애는 제 친구를 문 앞으로 끌고 갔다.

"얘들아, 와서 내 구두 닦아라."

내가 불렀다. 두 소년은 곧 돌아섰다. 큰애가 내 구두를 들고 닦기 시작한다.

"꼬마한테도 한 짝 주어라. 둘이 다 같이 돈벌이를 해야지."

"난 구두닦이가 재미나요."

말하는 동안도 쉬지 않는다.

"너는 저녁 묵어!"

작은애는 김밥 한 덩이 오징어를 양손에 들고 베어 먹더니 제 친구에게도 먹여 준다. 작은애가 갑자기 눈을 동그랗게 뜨고 낄룩거린다.

"천천히 묵어라. 꼭꼭 씹어야지."

밥장수 할머니는 애 등을 두드려주고 병의 물을 먹였다. 자기 자식처럼 진땀이 솟은 애 머리를 쓰다듬어 준다.

찬바람이 또 선실로 쏟아져 들어왔다. 문을 반쯤만 열고서 아까 그 배꾼이 구릿빛 팔을 들어 손짓을 하고 가버렸다. 옆자리의 여자가 천천히 일어나더니 치맛자락을 걷어쥐고 내 앞으로 스르르 빠져나간다. 저쪽 구석에서 에헴 헛기침소리가 났다.

다 닦은 구두 한 짝을 넘겨받은 작은놈은 제 바지에 대고 문질러 광을 냈다. 닦고 쳐다보고 또 닦고.

큰애는 다 닦은 구두를 쳐다보면서 만족한 듯이 고개를 끄덕인다. 화가와 다름없다. 윤나는 구두가 통로에 가지런히 놓였다. 큰애가 아주 좋아하며 두 손으로 돈을 받았다.

나는 고향 배의 환영을 받은 기분으로 고맙게 그 구두를 신으며 물어봤다.

"너희들 왜 밤배로 집에 가노?"

"구두약 사러 부산까지 갔다 안 옵니까. 부산선 한 깡에 십 원이 더 싸거든요. 구두 닦아 주고 공배 타고요."

큰애가 대답한다. 작은 놈이 새 구두약을 자랑스럽게

105

보여 준다.

나는 형이 사 주는 화구를 가지고 돌아갈 때마다 창피스럽던 일이 생각났다. 선실을 나왔다. 밖은 캄캄해서 냄새로 화장실을 찾았으나 지독한 냄새 때문에 들어가지 못하고 뱃머리로 갔다. 어릴 때같이 작은 산들이 굽이친 고향 섬을 바라보며 바다에 대고 소변을 봤다.

아버지는 형에게 말하곤 했다.

"한평생 쌀 한줌을 벌어 보지 못한 놈의 손재주란 도대체 뭐꼬. 저 병신 같은 놈이 집을 나간다 하지만 거지 탈 쓰고 이 집 문전에 설 게 뻔하지."

아버지한테 내 개인전에 대해서 비평가들이 뭐라고 칭찬을 했는지 다 이야기해야지. 그러나 구두닦이 애들이 내 옷을 구제품이라고 한 것이 마음에 걸린다. 내가 무슨 말을 하든지 간에 늙은 농부는 이 옷을 말없이 바라보며 그렇게 생각할지 모른다.

뱃전을 스쳐가는 나무토막이 긁히는 소리가 났다.

조각달을 보며 뱃머리에서 떠나 해초 가마니 옆을 지나려던 때 누가 해초 더미에서 뛰어내렸다. 나를 난간에 밀어붙인다. 주먹이 얼굴과 가슴을 친다. 나는 그 자리에 쓰러졌다.

"자식, 누구 여편넨데 따라다니노, 개새끼!"

그 뱃놈의 목소리다. 코에 손을 대보니 끈적한 것이 흥건했다. 놈을 쫓아 선실로 갔다. 문을 열고 거기 여자와 같이 서 있는 놈을 힘껏 쳤다. 그는 몸을 돌려 피해 버리고 냅다 나를 밖으로 밀어낸다. 나는 문을 잡고 버티었다.

"이 거렁이 같은 자식이 지가 미국서 왔다고 그래? 거짓말 말아. 건방진 새끼 너까짓 거한테 안 넘어간다" 하며 놈이 주먹을 휘둘렀다.

"문 닫아라, 춥다. 싸움은 나가서 해라."

누군지 소리쳤다.

정신을 차리고 보니 김밥장수 할머니가 내 옆에 앉아서 물병을 입에 대어 주고 있었다.

뱃고동 소리가 먼 산을 흔들고 되돌아온다. 선객들은 갑판 위로 겹겹이 쏟아져 나왔다. 아무도 나를 눈여겨보는 이 없이 저마다 갈 길을 서두른다.

누군가 트렁크를 갖다주었다. 구두닦이 아이들이었다. 양편에서 나를 붙잡아 일으켜 주었다.

절룩거리며 상륙을 기다리는 사람들 틈에 끼었다. 텅 빈 부둣가에 전등불이 노오랗게 켜져 있었다. 비 오는 날의 호박꽃같이 부드러우며 안온하다.

또 뱃고동이 운다. 대답하듯 텅 빈 그 산판이 밤배 갑판을 향해 둥실 떠오른다. 사람들은 서로 먼저 내리려고 웅성댄다. 나는 다리를 절룩거렸다. 기선회사 직원과 순경이 나가는 이들을 객선 머리에 멈추게 했다. 모두 손을 내밀어 도장을 받고는 한 번 들여다본 후 밤의 어둠 속으로 사라졌다. 기선회사 사람이 내 앞에 도장을 쳐들었을 때 나는 뒷걸음치며 등 뒤로 손을 돌렸다.

내 손을 지켜야 한다. 도장으로 더럽혀진 손으로는 그림을 그릴 수가 없을 것이다. 도장 찍기의 단조로운 리듬이 일단 깨어졌다. 기선회사 사람은 스탬프 잉크를 탕탕 묻혔다.

"빨리 빨리."

순경이 나를 부르며 구둣발을 굴렀다.

"왜요?"

내가 물었다.

"밤중의 통금 시간을 몰라 묻소? 읍내서 야경원을 보거든 밤배 타고 왔다는 증명으로 손바닥 도장을 보이라 하는 기요."

전쟁이 끝난 지도 이미 오랜데 내 예술가의 손에 이런

흠을 새겨 놓으려고 하다니.

"아무 종이에나 찍어 주시오. 내 손엔 도장을 찍을 수 없소."

"다른 사람에게 주면 우짤 거요. 종이가 어디 공짜로 나는갑다."

순경은 징 박은 구두로 마룻바닥을 굴러 댄다. 다툴 것 없이 그들 옆을 얼른 지나갔다. 순경이 내 팔을 덥석 잡는다. 정모 밑에서 두 눈이 내 구제품 자켓을 살폈다.

"당신 신분증 좀 봅시다."

순경이 요구했다.

"그런 것 없소. 난 신분증을 가져본 일이 없어요."

나는 누구에게도 내 손을 양보하지 않겠다.

"무얼 어물어물하노!"

뒷줄에서 소리들을 친다. 또 다른 목소리가 타이르듯 말했다.

"순경하고 따져 봤자 소용 있소? 자, 갑시다!"

"흥!"

순경이 콧방귀를 뀐다.

"읍내 명사같이 큰소리를 치는군. 명사 말고는 다 우리가 도장을 찍는데 대체 당신은 어느 댁 누구요, 명사 어른?"

잡지에 난 내 소위 명사 사진을 보이고 싶었으나 그것
도 우스운 일이다.

"나는 조상만이오. 양산골 집으로 가는 길이오."

서기의 눈이 몇 번 껌벅이다가 휘둥그레졌다. 순경에게
몸을 돌리며 말을 더듬는다.

"저, 저 그러면 이분이 조지사님 동생……."

순경이 잡았던 내 손을 얼른 놓고 당황한 웃음을 지었
다.

"미안하게 됐습니다."

스탬프 잉크를 밀쳐놓으며 말을 이었다.

"물론…… 진작 그렇게 말씀해 주시지 않고……."

우악스럽게 내 팔을 잡았던 순경의 손이 경례를 붙이
려고 번쩍 올라갔다. 나는 그들에게 진 것 같고 아랫배가
결리는 것 같다.

부둣가로 나가자 지게꾼들이 몰려왔다. 이 밤에 읍내에
서 십리나 떨어진 양산골로 간다는 것을 알고도 서로 싸
운다. 그중에 낯익은 늙은 지게꾼이 있었다. 그에게 짐을
부탁했다. 노인은 가방을 지더니 아무 소리 없이 내 뒤를
따라왔다. 어물장을 지나 맨 끝의 소장터를 지나왔는데도

야경꾼은커녕 사람 소리 하나 듣지를 못했다.

아카시아나무가 늘어선 행길을 한 바퀴 돌아 나올 때마다 조각달이 나왔다 들어간다. 십 년 계절을 거꾸로 가는 것 같다. 마지막 길목을 도니 바로 눈 아래에 검은 조개 같은 초가지붕들이 맞은편 산기슭을 껴안고 섰다. 오랫동안 잊었던 청개구리의 노랫소리와 함께 버들피리를 불던, 높고 낮은 나의 옛 가락이 귓속으로 밀려 들어오고 발걸음은 집으로 향해 내달았다.

"누 집으로 갑니까?"

훨씬 뒤에 떨어져오던 지게꾼이 큰 소리로 묻는다.

"오동나무집으로 갑시다."

나무에 묻힌 첫째 집을 가리키며 그가 따라오기를 기다린다. 조각달도 거기 머물러 섰다.

"아, 조영감 댁이구나!"

노인이 말했다.

"조영감은 손님이 오니께 반가울 게요. 큰아들 조지사는 영감 찾아볼 틈이 없고 바쁘다 합디다. 마누라를 홀딱 벗기고 그림을 그릴라다 이혼을 당한 작은아들은 미국에서 돌아오질 않았소. 소식도 없다던가. 요새 상처한 뒤, 조영감은 똑똑해서 잘된 아들보다 부모 밑에 눌러 있을 못

난 자식이 낫다고 안 합니까."

"아니 여기가 얼마나 좋은데 안 돌아올 사람이 누가 있겠소."

"잘됐으면 뭘 하러 오겠소."

노인은 목청을 높인다.

"성공했다는 사람은 구제품, 구제돈이 쏟아지는 서울, 부산에 있지 여기 뭘 먹겠다고 오겠소? 털터리가 된 못난 자식만 돌아와서 부모 밑에 있을라지. 그런 자식들이 조상의 산소나 돌보고 부모가 죽으믄 제일 섧게 안 우오. 한평생 객선 머리에 있으께 잘 알지요."

책상다리를 하고 마루에 앉아서 못마땅한 듯 긴 담뱃대 연기만 피우고 있을 아버지를 생각해 본다. 십 년이나 편지 한 장 없이 지낸 나에게 화를 내고 있을 게다.

나뭇가지에 우수수 소리 내며 바람이 찾아든다. 그 바람보다 더 살며시 나는 울타리를 따라 대나무로 엮은 문으로 다가섰다. 마당 건너 얕은 지붕 밑 캄캄한 안채와 마주 선다. 부엌문 옆에 큰 귀 달린 물독이 옛 모습 그대로다.

대문은 안으로 걸려 있었다. 그러나 '어머니'라고 부를 수가 없다. 가방을 내려놓고 후유—숨을 돌리는 지게꾼에게 백 원을 주었다. 그는 돈을 달빛에 비치며 만져 본다.
아버지는 늘 품삯 때문에 짐꾼과 다투었었다.

구제품 자켓을 벗었다.

"아버지……."

목에 걸려 갈라진 소리가 나왔다. 지게꾼이 바싹 다가
와서 내 얼굴을 들여다보고 놀란다. 그는 집을 향해 고함
쳐 부른다.

"여보시오! 여보시오! 미국서 영감님 작은아들이 왔
소!"

그러고는 내가 준 돈을 꼭 움켜쥐고 부리나케 돌아서
가 버린다. 기침 소리가 나고 성냥불이 어른거렸다.

허리가 구부러진 하얀 노인이 앞마루 큰 기둥에 걸린
남포에 더듬거리며 불을 켰다. 상장 종이들이 보인다. 형
의 것만을 붙여 두고 내 걸작을 거부한 그 흙벽 박물관
이―.

낙엽을 차고 나오며 노인은 들쑹날쑹 말했다.

"누구냐! 정말 상만이가……."

꼽추 같은 아버지 그림자가 문 위에 닿았다.

"네……."

나는 뻣뻣이 서서 대답했다.

"네가 돌아왔나, 상만아. 못 믿을 일이지. 밤배 고동이
울 때 네 발소리가 들리더니……."

빗장을 벗기며 더듬거렸다.

아버지가 내 팔을 잡았다.

"얘야, 얼마나 네가 보고 싶었는지."

하얗게 센 머리가 내 턱에 닿았다.

"배가 고프고 춥지? 저녁도 안 먹었을 낀데."

나는 아버지를 가만히 떼어 놓고 마당으로 들어섰다.

"너의 고모 불러서 밥하라고 해야겠다."

노인은 벌써 동편 울타리로 가고 있었다.

"아닙니다, 그만두시오. 한밤중 아닙니까?"

내가 말렸다.

그래도 아버지는 울타리 너머 고모 댁엘 가려고 했다.
나는 고함을 쳤다.

"글쎄, 그만두시오."

그는 어름거리며 돌아서 온다.

"그래 그러지. 뭐든지 네가 좋다는 대로 하자."

아버지는 내 구제품 자켓을 받아 들었다. 꼭 옛날의 어
머니 같다.

'어머니처럼 그러지 말아요.'

목구멍까지 꽉 차는 말을 참는다.

안방으로 들어가려다 나는 툇마루 앞에 서 버렸다. 거기 남폿불 바로 위에 붓글씨가 붙어 있다.

"네 책상 서랍에 있길래 내가 꺼내서 붙였다. 붙인 지도 오래됐지."

아버지가 일러주는 말을 들었다. 날카롭게 삐친 내가 쓴 글씨를 읽어 본다.

'此處看明月'

밤배 고동소리처럼 커다란 울음이 터질 것 같아 방으로 뛰어 들어갔다.

씨값

The Seed Money

학교를 파하고 돌아온 바우는 외양간의 소를 몰고 윗마을을 향한 도랑둑을 느릿느릿 걸어간다. 접붙이러 가는 길.

'송아지를 얻을라카믄 보지도 못한 딴 놈하고 우리 암소가 와 젓가락같이 붙어야 할꼬?'

차마 입 밖에 내지는 못했으나 마음속으로 어머니한테 물어본 말이다.

오늘 황소하고 일을 치르지 못하면 내일 또 가야 한다고 바다에 나가면서 어머니가 일렀다. 안 간다면 어머니는 몹시 꾸짖을 것이다.

"이놈아, 동으로 보낼라카믄 서로 가라고 해야 되나. 나이 묵어갈수록 하는 짓이 왜 에미 말 거꾸로만 하노!"

암소는 몸이 달아서 발굽으로 자갈밭을 후비며 고삐를 끌어당겨 가자고 서둔다. 농부는 논에서 김을 맨다. 일어나 허리를 펼 때마다 새 떼를 쫓는 농부의 고함소리가 산 위에 울려 익어 가는 보리밭이 출렁이는 듯하다. 배고픈 새 떼와 싸우는 허수아비 소리 같은 산울림이 돌아온다. 또 다른 농부 한 사람은 부지런히 도랑물을 목마른 논에 퍼 올린다.

바우는 도랑을 지나 포플러가 줄지어 서 있는 오르막길에 접어들었다. 길을 가로지른 시커먼 뱀을 둘러싸고 조무래기들이 소리지르고 있다.

"도마야 가래야 실실, 예수쟁이 뒤에 간다! 예수쟁이니 뒤에 간다!"

암소는 음매 하며 멈춘다. 뱀이 논두렁 풀 속으로 스르르 꼬리를 감추자 조무래기들은 신이 나서 와! 고함치며 흩어진다.

바우는 쇠똥을 살핀다. 쇠똥이 있으면 가까이, 틀림없이 소가 있을 것이다. 그러나 쇠똥은 없다. 낡은 초가집이 있는 산 밑에까지 왔을 때 뒤에서 필통이 달그락거리는 소리가 났다. 돌아보니, 계집애가 한 팔에 바구니를 다른 한 팔에 책보를 끼고 온다. 6학년의 송화다. 바우가 전학해 오던 날, 어머니와 함께 운동장에 머뭇거리고 있을 때에 선생님을 데려다주었었다. 계집애는 손에 들었던 것을 땅에 놓고 하얀 겹저고리의 비단 고름을 여민다. 길

에 아무도 없는 틈에 산들바람을 쐬려고 옷고름을 풀었
던 게지.

"황소 집이 어디 있노?"

이렇게 묻고 나서 바우는 다시 말했다.

"우리 엄마가 여기 오믄 황소 울음을 듣든지 냄새를 맡
을 기라 했는데 통 모르겠다."

"저런! 제발 우리 집을 쇠똥 냄새 나는 집이라 하지 말
어!"

계집애는 책보와 바구니를 들면서 말했다. 예쁜 손가락
이 바구니 가득 채운 뽕잎 속에 묻힌다.

"우리 소가 남의 곡식 한 알만 다쳐도 사람들은 우리 집
을 쇠똥 냄새 나는 집이라 욕한다. 우리 아버진 괜찮다 하
지만 엄마하고 난 싫어."

계집아이는 땀이 반짝이는 귀여운 코를 쳐들면서 다
시 말한다.

"저 냄새 안 나?"

계집아이의 눈을 따라 노오란 감나무 꽃이 핀 맨 앞의
집을 바라본다.

"모란꽃이 필 때 와 보렴. 캄캄한 밤중에도 우리 집은
찾을 수 있어."

"저게 너거 집이가?"

바우는 계집애와 함께 걸어가며 묻는다.

"우리 감나무에 손가락질하면 안 돼, 주먹으로 해. 크는 열매에 손가락질하면 안 큰단다. 우리 아버지가 봤으면 가만있지 않았을 거야. 마음씨 고운 사람은 잘 크라고 소원하며 주먹을 꼭 쥐고 가리켜. 그럼 열매가 주먹보다 더 커진단다."

바우는 걸음을 멈추고 입을 벌린 채 우산처럼 펼쳐진 감나무를 올려다본다. 송화는 바우를 자세히 본다. 갑자기 부드러운 목소리로 묻는다.

"너 뭐 할려고 왔니?"

"우리 암소가 저, 저, 너 아버지한테 말 좀 안 해 줄래?"

바우는 털이 미끈한 암소를 보며 말을 더듬었다.

"너가 가서 말해 보렴. 그렇지만 아직은 소를 이 버드나무에 매 둬야 해. 새끼 배려는 암소 냄새 맡으면 우리 황소가 외양간에서 뛰쳐나올 거야. 난 어서 누에 밥을 줘야겠어. 소를 매 놓고 누에 밥 먹는 것 구경해 봐. 곧 비단실을 뽑게 될 거야."

계집애는 뛰어 달아나다가 갈대로 엮은 울타리를 넘어

뻗은 지붕 그림자 아래, 반쯤 묻힌 조개 껍질을 살펴보느라고 잠시 멈춘다. 그러더니 껑충 뛰며 소리친다.

"엄마!"

바우는 소도 묶지 않고 울타리 밖에서 어쩔까 망설인다. 감나무 가지의 그늘이 누런 소 등에 얼룩얼룩한 무늬를 놓는다. 갈대 울타리 틈으로 위채와 아래채 사이의 마당이 보인다.

"머심애들처럼 옷이 쑤시가 되도록 싸다니지 말아."

안에서 여자 목소리가 들렸다. 여자는 마루에 앉아 헌옷을 뜯어 헤치고 있었다.

"머리 깎고 장삼 입은 산 너머 얌전한 삼월 스님 뽄 좀 봐라."

송화는 여자 곁에 앉는다.

"엄마, 밖에서 눈이 동그란 머심앨 봤어. 곧 우리 집 황소 씨 받으러 올 거야."

"또 오늘 밤 너의 아버지가 날 잠 못 자게 하겠다. 그 난리통에 황소를 안 잃고 숨겨 둔 게 얼마나 잘한 일이냐고……. 너는 전에도 섬에서 온 그 머심애 얘기를 했지? 그런 동그란 눈이 뭣이 좋냐."

"왜요? 엄마, 엄마 결혼 반지 같은 보석 빛깔…… 높은 하늘빛인데……."

"반지나 하늘이 푸른 것은 좋아도 눈의 흰자가 푸른 것은 안 좋다."

"처음 볼 땐 이상했지만 자세히 보면……."

"머심애 눈을 자세히 보면 못 쓴다. 머심애는 너무 가까이서 보는 것을 안 좋아한다."

어머니는 주의를 시킨다.

아래채 모퉁이에서 거칠고 쉰 목소리가 들려 온다.

"언제까지 딸년하고 얘기만 하고 있을 거고!"

소 임자다. 아래채에서 마당을 건너온다. 그의 얼굴은 먼지와 거름 부스러기로 누렇다. 바우는 불룩 나온 배와 달랑달랑하는 담배 쌈지를 보고 소 임자임을 알았다. 그는 큰 발로 땅을 굴리며 지게를 내려놓는다.

"아무래도 니 자리에 앉힐 다른 여자를 하나 찾아야 할란갑다. 뱃가죽이 등에 가 붙었는데 저녁밥은 어찌 됐노, 연기도 안 보이니."

뒤로 좀 물러선 바우는 소를 대문 쪽으로 끌었다.

"퍼뜩 부엌에 가서 솥 씻고 밥을 안쳐라. 이 솔기만 따 놓고 나갈게."

"우리 집 아들놈은 학교에서 여태 안 왔나?"

소 임자가 묻는다.

"그 빌어묵을 선생이 아직 말랑말랑한 애새끼들 대가리에 어려운 것만 자꾸 쑤셔 넣을라카거던."

투덜거리다가 그는 대문 쪽의 바우를 보며 또 뭐라고 중얼거린다. 마누라가 별안간 기침을 하며 낮은 목소리로 불렀다.

"애 아버지, 여보! 제발 그 바지춤 추키고 나가소! 씨누들이 당신보고 안 일러 준다고 얼마나 날보고 야단하는지 알아요?"

소 임자는 불룩 나온 배 아래 반쯤 내려간 바지 끈을 추켜올린다.

"나는 큰 도가지마다 쌀하고 보리를 채우는데 니는 와 내 배를 때맞차 못 채우노. 그러니까 내 바지가 자꾸 안 내리가나."

그는 동네 어른처럼 손을 돌려 뒷짐을 지고 점잖게 어깨를 흔들며 바우에게 온다. 그는 자기 마누라에게 말하듯이 중얼거린다.

"온 동네 배고픈 사람들이 우리 집 황소 먹일 쌀겨 얻으려 애놈들을 보내싸서 탈났다."

바우는 두 주먹을 꼭 쥐고 앞으로 다가섰다.

"나는 댁에 황소 씨 받으러 왔소."

소 임자는 뜻밖이라는 듯 머리를 젖히고 바우와 암소를 번갈아 쳐다본다. 그러더니 배 위에 손을 얹고 크게 웃는다. 암소는 소 임자에게 고개를 돌리며 골난 듯 두꺼운 눈까풀을 껌벅거린다. 소 임자는 무엇이 그리 우스운지 연신 웃으며 말한다.

"이 늙은 암소가? 씨를, 씨를 받겠다구?"

바우는 목소리를 가다듬는다.

"우리 엄마가 김 한 통하고 마른 미역 한 단하고 준다 캅디다."

"니가 해녀 아들가?"

소 임자는 이렇게 말하더니 거칠게 숨을 쉬며, 귀 밑이 벌게지도록 허리를 굽혀 암소의 처진 배와 젖통, 젖꼭지를 보고 다리가 맞닿은 낮은 무릎까지 살핀다. 다시 허리를 편 소 임자는 암소 엉덩이에서 등뼈 힘살을 훑어보고 고삐를 한 번 끌어당겨 본다.

소 임자는 말했다.

"이 암소가 우리 황소 새끼를 밸라카느니보다 차라리 배지 않은 애 낳으라는 게 더 쉽겠다."

바우는 고삐를 잡는다.

"너 어미가 암소 새끼 배는 것을 보기는 글렀다. 그보다 이 소를 나한테 팔라 캐라. 아들의 좋은 이름 하나 살 만치 돈을 듬뿍 줄기니께."

그는 그렇게 말하고 마당으로 들어가 버린다.

바우는 소를 몰고 내리막길을 걸어간다. 오히려 마음이 후련했다. 암소가 씨를 못 받고 돌아가는 일보다 송화가 그의 어머니한테 자기 눈을 이상하다고 한 말이 마음에 걸렸다. 암소가 도랑가에서 풀을 뜯자 바우도 주저앉았다. 심부름 온 일도 다 잊어버리고 송화가 왜 자기 눈빛 얘기를 했을까 생각해 본다. 물 위에 얼굴을 비춰 보았으나 물벼룩이 잔 물결을 일으켜 바우의 얼굴과 암소 모양이 흩어지고 만다.

집에 오니 어머니가 기다리고 있었다. 일이 잘 안된 것을 안 어머니는 실망한다.

"불쌍한 암소."

한숨짓는다.

"봄갈이 안 한 밭 같구나. 또 한여름이 닥치는데 이 일을 어쩌노. 밭은 다시 기다릴 수 있어도 암소는 이번이 마지막 봄인데. 우리가 돈을 주었으믄 소 임자도 마다하지 않았겠지. 이 세상에 돈 보고 침 뱉는 사람이 어디 있나."

바우는 어머니가 홍합, 전복, 미역을 머리에 이고 이 집 저 집 다닐 때 학교 아이들이 옆에 있으면 못 본 척했다. 어머니는 가지고 다니는 물건 이름을 모조리 들먹이며 노래한다. 바우는 그런 싸구려 노래를 제발 어머니가 부르지 말았으면 싶었다. 비 오는 날이면 어머니는 다른 때보다 일찍 집을 나가면서 바우에게 말한다.

"이런 날은 값이 좋니라."

마치 비를 기다리는 것 같았다. 저물어서야 그는 속살까지 흠뻑 젖어서 돌아온다.

"엄마, 비가 그치고 해 날 때 팔러 가믄 안 돼요?"

어느 날 밤, 바우는 물었다. 어머니를 위해서, 한편 흙물 젖은 옷으로 송화 집에 가지 말았으면 싶어서.

어머니는 기쁘게 대답한다.

"좋은 날에 돈을 씰라카면 비 올 때 벌어야지……. 해가 돋거던 서산 너머로 암소를 몰고 가거라. 거기 황소가 있는 것을 오늘 알았다. 마침 오늘은 재수가 좋아서 통도 다 비우고."

드디어 비는 그치고 김매고 보리 타작하는 철이어서 학교는 며칠 쉬게 되었다. 구름이 사방으로 흩어지는 아침, 바우는 일찍 밥을 먹고 소를 몰아냈다. 바닷가를 따라 서산 너머 황소집을 찾아 떠났다. 길을 따라가면서 이따금 이슬 젖은 풀을 소에게 먹인다. 오늘 씨만 받으면 소를 몰고 학교로 갈 참이다. 바우는 책상과 걸상 값을 목수에게 치르지 못했으니 대신 바우네 소가 학교의 밭을 갈아 주어야 한다.

씨값과 고삐를 쥐고 한 손에는 잠자리채를 들었다. 이른 여름 바람이 풀 먹인 삼베옷 속으로 스며든다. 어린 잠자리가 밝아 오는 아침 하늘에 가냘픈 날개를 팔락이고 있다.

"바우야! 바우야!"

소리가 들린다. 햇빛에 옷소매로 눈을 가린 계집애가 서 있다. 송화는 조개가 든 바구니를 들고 있었다. 까만 치마를 무릎 위까지 걷어 올려 끈으로 동여매고 한 손에는 호미를 들고 있다.

바우는 꼭 쥔 주먹을 펴서 백 원짜리 두 장을 보이며 뻐긴다.

"씨값이야. 이번에는 너거 집에 안 가고 다른 소를 찾아간다."

"우리 아버지가 너이 소에게 씨를 주었으면 좋겠다."

송화는 말했다.

잠자리 한 마리가 비에 씻긴 돌 위에 날아 앉는다. 바우는 송화에게 고삐를 맡긴다. 그가 잠자리채를 낮추자 송화가 낄낄거리는 바람에 잠자리는 하늘 멀리 날아 어디로 갔는지 보이지 않게 되었다.

"잠자리는 머리 위가 온통 푸른 눈이야."

송화가 말했다.

바우는 뛰어 내려와서 송화와 함께 나란히 걷는다. 고삐는 아직 송화가 쥔 채. 잠자리는 한 마리도 보이지 않는다. 송화는 말한다.

"암컷 한 마리 잡아서 실에 매어 멋있게 휘둘러 보아. 곧 수컷이 날아와서 암컷에 붙을 거야. 그럼 많이 잡을 수 있지."

"그건 짝 맞출 때를 기다려야지."

바우는 어느 날 논에서 잠자리 잡던 생각을 하며 중대한 일처럼 말한다. 바우는 잠자리 암컷과 수컷을 분별할 줄 모른다고는 말 안했다.

이마에 머리칼이 몇 가닥 흘러내린 송화의 얼굴은 눈(雪)에 씻은 것처럼 빛났다.

바우가 고삐를 받아 쥐자 송화는 조개가 든 바구니를 보여 준다.

"우리 집 문 앞을 조개껍질로 다 채울라고 주워 온단다."

"전복껍질을 내가 줄게."

바우는 바닷가 모래밭을 지나 그늘진 풀밭 소나무에 소를 매고, 새풀이 나부끼는 덤불 옆에서 호미로 구멍을 파고 있는 송화에게 뛰어 내려간다. 바우가 가까이 가자 송화는 말했다.

"바우야, 바다에 들어가기 전에 씨값은 여기다 묻어 놓자. 돈이 물에 젖으면 못 써."

잠자리채 그물 꼬리만 한 구멍에 바우가 백 원짜리 두 장을 넣자 네 개의 손은 금세 작은 모래 무덤을 만들었다. 바우는 신을 벗고 바지를 걷어 올리고 송화가 모래 위에 자기 이름을 쓰고 있는 것을 본다.

"우리가 돌아올 때 너 이름만 찾으면 돼."

바닷물에는 나무 조각, 푸른 해초, 지푸라기가 떠 있었다. 조개가 숨은 모래 구멍에는 거품과 들릴락말락한 조개의 미묘한 숨소리가 있다. 둘은 바닷가 게 구멍에 앉아 게가 나오게끔 털북숭이 풀을 쑤셔 넣어 꾀어 보기도 하고, 전복 껍질을 찾아 이곳저곳을 돌아다니며 홍합 조개, 둥근 자갈 속에 반쯤 묻힌 예쁜 소라를 주워 모으기도 한다. 노오란 잠자리 한 마리가 송화의 검정 치마에 앉았다가 밀려오는 파도 위로 날아간다. 그처럼 작은 날개로 넓은 바다 위에서 조는 듯 물에 떠 있는 돛단배에서 한밤을 새려고 찾아가는가. 갈매기들이 눈보라처럼 날아내린다. 바위 위에 물오리가 한 마리 내려앉는다. 파도는 밀려와 부서져 거품을 이루고 아이들은 물러가는 파도에 뒤에 처진다. 송화는 고무신, 바우는 맨발이다. 바우는 발가락 사이로 개흙이 비져 나오는 게 기분이 좋았다. 그러나 찬 물결이 발목에 부딪혀 오면 이를 악문다. 송화 얼굴은 환했다. 바우는 외친다.

"너 얼굴은 전복 속껍질처럼 반짝인다!"

"너 얼굴도 그래!"

송화는 받아 말했다.

아이들은 두 손으로 서로의 볼을 만진다. 바우는 별안간 발가락의 그 좋은 기분이 손가락으로 전해져 왔다. 손가락이 부르르 떨린다. 송화는 손을 떼면서 말했다.

"나는 네 뺨을 만져만 봤는데 너는 왜 꼬집어?"

갈매기 한 마리가 휙 그들 바로 앞에 내려온다. 다른 갈매기 떼가 반짝이는 바다에 내려오고 솟구쳐 올라가며 높은 목청으로 캑캑거리는 모양이 마치 물바퀴 같다. 송화는 조갯살을 공중 높이 던졌다. 조갯살은 바람에 날리어 치마 위에 떨어진다. 바우도 송화 바구니 속에서 왕새우를 집어 높이 던진다. 새들이 두 아이를 둘러싸고 빙빙 돈다. 송화는 연방 조갯살을 바우에게 주면 바우는 그것을 공중 높이 던지고 송화는 조개와 소라를 바위에 부수어 바우에게 주곤 한다. 바구니에 조개가 다 없어질 때까지 그들은 그런 장난을 했다.

송화는 소리쳐 웃으며 말한다.

"배고파. 난 아침밥도 안 먹었다. 그만 가자."

그들은 새풀이 자란 곳으로 뛰어갔다. 갈매기들은 잠시 그들 뒤를 쫓았다. 그들은 돈을 묻어 놓은 모래 무덤을 찾았다. 모래 위에 써 놓은 이름이 안 보인다. 그들은 모래 바닥을 허둥지둥 파헤쳐 보기도 하고 파도가 지나간 새풀 아래 모래 줄기를 따라 미친 듯 찾아보았으나 나오는 것은 조개껍질, 자갈, 모래, 벌레뿐이다. 송화가 물에 떠 있는 잠자리채를 건져 올려 둘은 그것으로 바다 바닥을 긁어 보았다. 역시 해초, 지푸라기, 나뭇잎만 떠오를 뿐 돈은 없었다.

마침내 송화는 바싹 마른 입술을 열고 맥없이 말했다.

"집에 가아. 썰물 때 또 와 보자."

"싫다! 난 안 갈란다!"

고함친다. 성난 어머니의 얼굴이 바우 눈앞에 보였다. 비가 내리는데 통을 이고 물건을 팔러 다니던 어머니, 전신에 슬픔이 꽉 찬다. 그는 소리 내어 운다.

"우리 엄마가 비바람 맞고 번 돈이다."

"송화야, 송화야!"

멀리서 소리가 들린다.

"나중에 올게."

송화는 풀이 죽어서 말했다.

바우는 멀어지는 송화의 모습을 보면서 몹시 울었다.

바우는 소를 학교에 몰아다 주고 다시 바닷가로 내려왔다. 하루 종일 헤매며 찾은 곳을 다시 찾아 몇 번이고 모래를 후벼 봤다.

송화는 도시락에 삶은 고구마를 넣어 가지고 왔다. 그들은 물이 빠진 모래 바닥을 다시 파 본다. 지쳐 버린 바우는 털썩 주저앉아 턱을 무릎에 묻는다. 송화가 가지고 온 고구마도 안 먹고 집으로 돌아갈 생각도 않는다. 마지막에 송화는 궁리를 하나 해냈다.

"다음 비 오는 날에 우리 아버지 황소를 내몰고 나올게. 넌 암소를 몰고 와."

131

바우는 머리를 번쩍 쳐든다.

"우리 소는 지금 학교에 있다!"

바우는 송화가 오늘 저녁에라도 황소를 몰고 나왔으면 싶었다.

"비 올 때까지 기다려야 해. 우리 아버지 어머니가 소 발굽 소리 못 듣게."

송화는 달랜다.

"비가 많이 오면 우리 아버진 엄마 방에서 낮잠을 주무시든지, 아저씨 댁에 놀러 가시거든."

바우는 모래 무덤을 만들고 송화가 한 것처럼 모래 위에 자기 이름을 쓰며 말한다.

"우리 엄마가 여기서 돈 잃어버린 것 알믄 나 학교에 다갔다. 너도 다시는 못 만난다."

"너 어머니한테 너이 소가 서산 너머 마을에서 씨 받았다고 하면 되잖아? 너이 암소는 꼭 송아지를 밸 테니."

바우는 입을 벌린 채 꼼짝도 않고 곰곰이 생각해 본다.

"아무한테도 이 얘기는 하지 말어. 너의 어머니보고도."

송화는 다짐한다.

암소가 씨도 받지 않았는데 받았다고 어찌 어머니에게

거짓말을 할 수 있을까. 손은 텅 비었는데 주먹 속에 보석이 있다고 어머니를 속이란 말인가. 잠이 깊이 들면 꼭 쥔 주먹이 벌어져서 결국 어머니는 다 알 터인데.

바우는 땀난 두 손으로 모래를 긁어모은다. 송화는 차츰 어두워지는 하늘에서 잃어버린 돈이라도 찾을 듯이 하늘을 우러러본다.

"달이 일찍 떴으면 좋겠어."

그리고 또 말한다.

"다 자란 누엘 먹이려면 며칠 밤 뽕잎을 더 따야 해."

바우가 손을 씻고 엉덩이를 털자 송화는 치마 안 쪽으로 바우의 눈물을 닦게 했다.

바우는 고구마를 한 입 베어 물곤 곰곰이 생각하고 또 한 입 먹곤 생각하며 천천히 집으로 돌아왔다.

어머니는 벌써 집에 와 있었다. 부엌에서 나오며 묻는다.

"우리도 이제 송아지 가지게 됐나?"

바우는 고개를 들지 않고 대답한다.

"그런상 싶소……. 소는 학교에 몰아다 주었어요."

어머니는 웃으며 말한다.

"이제는 소에게 밭도 안 갈릴란다. 새끼 밴 소를 일 시키다가 송아지 죽일라."

그리고는 다시 재미난 듯 물었다.

"소가 우짜더노? 나한테 말 좀 해 봐라."

바우는 디딤돌을 차며 텅 빈 외양간만 쳐다본다.

"너 에미한테 그런 말 못 할 만치 컸단 말가?"

영문 모르는 어머니는 놀린다. 바우는 방으로 들어갔다. 노오란 싹이 돋아나는 콩나물 동이를 열고 쓸데없이 물만 퍼준다. 어머니는 소에 대해서 더 묻지 않았다.

"나오너라, 바우야! 오늘은 어른 몫을 했다. 밥 많이 묵어라."

밥상을 마루에 놓으며 어머니가 불렀다. 바우는 말없이 나갔다. 어머니는 잠시 아들을 본다.

"와 그리 맥 없노. 황소가 널 떠받을라카더나?"

"아니요."

바우는 사발이 넘치도록 수북이 담은 밥을 숟가락으로 쑤신다. 둥글게 담아 올린 밥이 자꾸 송화와 돈을 묻었던 모래 무덤같이 보였다. 깨소금을 뿌린 전복을 접시에서 본 바우는 가슴이 철렁 내려앉는다. 가난한 농부는 쌀을 팔아 보리를 사고 어머니는 맛있는 전복도 먹어 보지 못하고 팔아서 어려운 살림을 해 왔다. 바우는 마음속으로 생각했다.

'돈 잃어버린 것을 엄마는 잘했다는 것일까?'

마음이 아프고 목이 메어 밥이 넘어가지 않는다. 바우는 자꾸 물을 마셨다. 어머니는 오늘따라 말이 많다.

"너하고 나하고 둘 중에 하나라도 용꿈만 꾸면 쌍둥이 송아지를 낳을 긴데."

어머니는 더욱 신이 나서 말한다.

"용꿈을 우리가 못 꾸면 다른 사람 용꿈이라도 사야지."

어머니는 참 기분이 좋다.

"송아지가 나믄 우리 외양간이 훤해질 기다. 내가 물속에서 고생한 보람이 있고 너도 어른일 할 만치 컸고."

빨간 고추가 열린 부엌 앞 채소밭 도랑을 건너 꼽추 여자가 온다. 꼽추는 저녁을 먹고 있는 바우를 보자 검은 머리를 어깨에 더욱 파묻고 구슬프게 중얼거리며 돌아가려 한다.

"또 달은 뜨네. 잠 못 자는 사람 등잔 기름은 안 들겠다."

어머니는 반갑게 이웃을 맞이한다.

"내 아들이 황소 씨를 받아 왔지. 그래도 소가 송아질 못 낳는 수도 있을까?"

어머니는 좀처럼 이웃 사람에게 무슨 일이고 물어보는 일이 없었다. 꼽추는 급히 발길을 돌려 그들에게 왔다.

"암소가 송아지를 못 낳다니! 세상에 짐승이 씨를 함부로 하는 일이 있겠어요? 농부가 봄에 밭에다 씨를 뿌리는 것만치 믿어도 아무 일이 없을 거요. 아무 일 없고 말고. 이 서글픈 세상에 좋은 일 보겠네. 속에 든 송아지 안 보이는 열매!"

꼽추는 어머니를 찾아올 때마다 신세타령을 했다.

"참나무집 조카 딸년 때문에 오늘 또 서산 너머 총각 집에 갔다 왔어요. 총각 부모는 참나무집은 문둥이 집인데 그들하고 내가 친척이니 숨겼다고 야단하지 않겠어요? 그래 한바탕 싸웠지. 뜬 연기만 보고 안에서 만든 음식을 어찌 아느냐고. 돌아오는 길에 바람 부는 산 언덕에 앉아서 부르튼 발과 해진 신 바닥을 보니 절로 한탄이 납디다. 왜 나는 언제나 남의 혼사에 내 발이 부르트고…… 모진 바람 같은 세상에 실낱 같은 내 팔자…… 처녀 총각이 만나 잘살믄 저이들 복이고 못살면 내 탓이고."

어머니는 고개를 돌려 밥 먹는 바우를 바라본다. 꼽추

는 어머니의 무릎을 쿡 찌르면서 말을 이었다.

"사람들은 내 말을 눈보라 앞두고 새싹을 꼬아내는 이른 봄 날씨같이 못 믿겠다고 하지요. 동생, 중신쟁이 몫이 얼마나 되겠소. 기껏 비단신 한 켤레 받아 혼삿날 내 헌신 대신 신는 것밖에 더 있겠소? 그래도 내가 촛불 켠 방속에서 신랑 신부 단둘이 코를 맞대고 있는 그림자가 들창에 비치는 것만 보면 세상에 더 바랄 것이 없어요. 속에 든 씨가 눈에 뵈는 것 같아서."

꼽추는 신세타령에 정신이 없었으나 바우는 오늘 일어난 일을 물을까 봐 겁이 났다. 밥 그릇도 다 못 비우고 눈치를 살피며 일어섰다. 어머니는 이제 다 커서 여자끼리의 내밀한 이야기를 피해서 바우가 자리를 뜬다고 생각한다. 그녀는 꼽추 얘기에 별로 귀를 기울이는 것 같지도 않았다.

바우는 학교를 향해 갔다. 소가 있는 곳간까지 와서 송화를 기다린다. 학교는 뽕나무 숲에서 가까웠다. 바우는 암소가 여기 있을 때 송화가 몰고 왔으면 싫었다.

밤은 낮보다 움직이는 것이 많다. 개 짖는 캄캄한 골짜기에 개똥벌레가 날아다니고 시커먼 벚나무 가지가 바람에 물결친다. 하늘에도 별들이 반짝이고 흰 구름은 달 사이로 달아난다. 달 둘레에는 짙푸른 달무리가 걸려 있다. 저 달무리를 보고 탈 없이 송아지 낳기를 빌고 있을 어머니의 목소리가 들리는 듯하다. 아직 씨도 안 받았는데 어머니는 벌써 쌍둥이 송아지를 바라고 있다. 바우는 초여름 저녁 바람에 소름이 아시시 끼친다.

뽕나무 숲을 향하여 학교 운동장을 지나가는 송화가 보인다. 혼자다. 황소는 안 보인다. 바우는 송화를 부르지 않고 곳간에서 소를 끌어내어 맥없이 집으로 몰고 왔다. 소는 몹시 거칠게 군다.

이 일이 있은 후 바우는 송화를 볼 때마다 뒤를 따랐으나 소 씨에 대해서는 서로 한 마디 말도 없었다. 바우는 속으로 화가 났으나 밤에 소를 몰고 나오라고 송화에게 말할 수 없었다.

청개구리가 시끄럽게 울어 대는 어느 날 저녁, 바우는 학교 가는 길에서 송화를 기다렸다. 마침내 송화에게 약속한 것을 다짐하기로 마음먹은 것이다. 누에는 밤에도 낮처럼 많이 먹으니 필경 송화는 뽕잎 따러 밤에 나올 것이다. 캄캄한 어둠 속에 네모난 초롱불이 움직이는 것이 보인다. 초롱불이 가까워질수록 송화의 흰 저고리와 조그마한 턱, 둥근 입이 불빛에 뚜렷이 나타났다. 송화는 자기

앞에 사람이 서 있는 것을 보고 깜짝 놀라며 뒤로 물러선
다. 하마터면 초롱을 떨어뜨릴 뻔했다. 이내 바우를 알아
보고는 마음이 놓이는 듯 소리친다.

"바우! 왜 아무 말도 안 했어. 넌 심술쟁이야."

둘은 나란히 걷기 시작했다. 송화는 바우가 밤길에 와
주어서 고맙다고 했다. 바우는 약속한 것을 어떻게 다짐
할까 그 생각만 한다. 학교 운동장을 지나 솔 냄새 나는 공
동묘지까지 왔다. 그들은 행여 죽은 사람들이 살아서 나
타날까 벌벌 떨며 비석 사이를 지나간다. 곧 뽕나무 숲까
지 왔다. 가시 돋친 찔레꽃 울타리 아래, 보리밭 한가운데
서 있는 허수아비는 허연 천 조각을 펄럭거리고 있었다.
송화는 초롱을 바우에게 주며 이렇게 이른다.

"조심해. 움직이면 안 돼."

바우는 펄쩍 뛰어 높은 뽕나무 가지를 하나 휘어 내려
송화에게 주니 송화는 다시 주의를 시킨다.

"움직이면 안 돼. 성냥 가져오는 걸 잊었어."

종이를 바른 초롱 속에 하얀 초가 빨간 불꽃을 하늘거
리며 타고 있다. 송화의 손이 부지런히 움직였다. 뽕잎은
딸 때마다 송화의 꽉 다문 입술에 스쳤다.

"뽕나무에 오디가 열면 이제 안 와도 돼. 오디하고 누에

는 같이 자란단다."

분홍빛 볼에 조그마한 보조개가 패인다. 참 사랑스럽
다. 바우는 한번 만져 보고 싶었으나 송화는 다시 주의
를 시킨다.

"너무 나한테 초롱을 가까이하지 말어. 가만히 가지고
있어. 성냥 안 가지고 왔다고 몇 번 그랬어?"

바구니에 뽕잎이 가득 찼다. 바우는 송화가 약속을 잊
은 것 같아 화가 났다. 손에 꼭 쥐고 있는 것은 씨값 아닌
초롱이다. 그 생각이 불쑥 들자 바우는 저도 모르게 초롱
불을 혹 꺼 버렸다. 심지에서 하얀 연기가 한 줄기 솟아오
르고 남은 숨을 바우가 내쉬자 모든 것은 어둠 속에 사라
졌다. 다만 불 꺼진 초롱만 손에 흔들리고 있었다.

"뭣 하고 있어!"

송화는 바우 발부리에 바구니를 떨어뜨리며 소리지른
다.

"성냥을 안 가지고 왔다고 몇 번이나 말했는데!"

바우는 왜 그랬는지 자기도 모른다. 송화는 바구니를
주워 들며 소리친다.

"잎이 반은 쏟아졌어!"

바우가 잎을 긁어모으자 송화는 "흙 묻은 잎은 안 돼!"

하고 두 손으로 바구니를 덮는다.

"왜 그리 심술궂어. 인제 너하고 말 안 할란다."

어둠 속에 버석거리는 소리가 난다. 바우는 송화의 손을 꼭 잡고 나무숲을 헤치고 나오는데 갑자기 시커먼 것이 쑥 나타났다. 송화는 기겁을 하며 바우에게 매달린다.

"비석이다."

바우는 안심시킨다. 등불에 비친 송화의 모습이 자꾸 눈앞에 떠오르고 계집애의 따뜻한 무엇이 차츰 자기 몸속으로 스며드는 것을 바우는 느낀다. 그는 송화 옆에 바싹 붙어서 걸으며 그녀의 손을 더욱 꼭 잡았다. 송화가 자기 몸 안에 있는 것 같다. 땀난 손을 빼내며 송화가 초롱을 받을 때까지 바우는 얼마나 걸어왔는지 몰랐다. 그들은 송화의 집 문 앞에 와 있었다.

길 양편 논에서 청개구리가 시끄럽게 운다. 송화는 개구리 우는 소리 때문에 입술을 바우 귀에 바싹 대고 크게 말한다.

"내일 아침 비가 오면 암소를 몰고 서산 모퉁이로 와. 알았지?"

"그래, 엄마가 나가믄 곧 갈게."

바우는 송화의 귀를 손으로 감싸며 대답한다.

"그런데 어디로 가야 할지 모르겠다."

바우의 가슴이 두근거렸다.

"날 만날 때까지 바닷가만 따라서 와. 농부들이 비 보러 나오니까 마을에선 만날 수 없어. 안 그래?"

바우는 고개를 끄덕이고 돌아서 도랑 길을 따라 내려왔다. 얼굴과 손을 어두운 하늘로 향해 쳐들며 집에 닿을 때까지 빗방울이 떨어지기만을 바랐다.

날이 밝자 비는 억수로 쏟아졌다. 빗물이 마당을 넘쳐 채마밭이 물 속에 잠기고 빗줄기는 마루 위까지 몰아 때린다. 바우가 아침밥을 다 먹었을 때 비는 소용돌이치고 사방에 붉은 웅덩이를 만들었다. 외양간과 위채 처마 밑의 땅은 패어 연방 낙숫물에 거품이 생기고 다시 작은 거품으로 갈라져 출렁이며 밖으로 달아난다.

바우는 어머니가 집을 나갈 때만 기다린다. 참다 못해 바우는 새까만 눈썹을 치켜 올리며 걱정스럽게 묻는다.

"오늘도 나갈 거요?"

어머니는 자기가 나가는 것을 바우가 싫어하는 줄 알고 변명하듯 말한다.

"가야지. 바우야, 밥은 좋은 날이나 궂은 날이나 묵어야 안 사나? 나는 물속에서만 살 팔잔갑다. 좋은 날도 궂은 날도 바닷속에 있어야 하니."

어머니는 더덕더덕 기운 옷을 입고 비에 젖은 마루로
나간다.

"오늘 재수가 좋으믄 집부터 고쳐야겠다. 양철로 지붕
을 덮으면 마루가 안 젖을 건데……."

바우는 비 맞고 나가는 키 큰 어머니를 내다본다. 머리
에 인 통 밀 둘레 때문에 얼굴만은 겨우 비를 피할 수 있
지만 온몸은 그냥 비를 맞는다. 마당에 내려섰을 때 벌써
신발은 물속에 잠기고 문밖을 나서기 전에 옷은 비에 흠
뻑 젖는다.

"불쌍한 엄마."

바우는 처마 밑에서 초조해 하면서도 마음을 놓은 눈초
리로 멀어져 가는 어머니를 바라본다. 어머니는 비도 아
랑곳없는 듯 등을 꼿꼿이 세우고 천천히 걸어간다. 세차
게 비가 퍼붓는 논을 건너자 갑자기 물 속으로 들어간 것
처럼 어머니는 안 보였다.

바우는 외양간에서 소를 끌어내어 흙탕물이 넘쳐흐르
는 도랑 길을 따라 몰고 나갔다. 바다는 그리 거세지 않았
다. 파도는 좀 으르렁거렸다. 비와 안개 속에 묻힌 희미한
바다는 빗방울에 곰보처럼 바늘 구멍을 이루고 있었다.

바우가 고삐를 끌자 소는 머리를 치켜들고 소리지르며 안 가려 했다. 바우는 세차게 고삐를 끌어 바다로 내려가는 도랑으로 몰아넣었다. 꼽추 집 앞을 지나가지 않으려고 일부러 길을 피했던 것이다. 마침내 소는 꼬리에 물방울을 뚝뚝 떨어뜨리며 할 수 없이 앞발을 떼어 놓았다. 흙탕물이 폭포처럼 소리치며 쏟아져 내리는 것이 무서워 소는 이따금 걸음을 멈춘다. 바우는 고삐를 단단히 손에 걸어쥐고 소 앞에 바싹 다가서서 끌어당겼다. 옷은 온몸에 달라붙고 전신에 물이 흘렀다.

서산 밑 바닷가에 이르렀을 때 집채만 한 파도가 검은 바다 위에 몰아쳐 거품을 하늘 높이 솟아올리고 있었다. 바우는 소를 길 위로 몰아 올렸다.

"송화야! 송화야!"

바우는 송화를 부르며 사방을 찾아 헤맨다. 바닷가 절벽 밑에 멸치 삶는 오두막 앞에 무시무시한 짐승이 비안개 속으로 보였다. 바우는 있는 힘을 다하여 고삐를 끌며 다시 송화를 부른다. 짐승은 꼼짝도 안 했다. 갈비뼈가 등뼈 위로 바위처럼 솟아 있다. 별안간 황소는 굽은 뿔을 이쪽으로 돌린다. 금방 등이 굽어지고 커다란 혹이 생긴다. 암소는 고삐를 잡아당기며 발굽으로 물을 차고 암내 낸

소리로 지른다.

바우는 고삐를 늦추어 주고 뒤로 물러서서 젖은 소매로 이마를 닦는다. 바우가 다시 고삐를 끌어당기자 황소는 머리를 낮추어 바우를 노려본다. 바우는 깜짝 놀라 멸막 속으로 뛰어들었다. 멸치 삶는 조그만 오두막은 짚으로 지붕을 덮고 흙벽을 쳤다. 오두막에서 생선 냄새가 물씬 났다. 아궁이 앞에 계집애의 알몸이 옆으로 보였다. 송화가 벗은 옷에서 물을 짜내고 있었다. 바우를 보자 얼른 돌아서며 옷으로 젖가슴을 가린다.

바우는 쏟아지는 빗속의 바닷가를 가리키며 밖에서 일어나는 일을 말하려 했으나 턱만 달달거린다. 빗물은 멸막 속까지 몰려들고 지붕 위에서 빗물이 새어 바닥을 적셨다. 바우는 멍하니 문밖만 내다보고 섰다가 송화에게 가서 치맛자락 한 끝을 쥐고 함께 물을 짜내었다. 송화는 입술이 바닷개처럼 검푸르다. 알몸을 활처럼 구부리며 솥 위에 덮어 놓은 저고리를 뒤집고 다른 쪽 솥 위에 치마를 펼쳐 놓는다.

바우는 문 쪽으로 갔다. 멸막 안에 서린 김과 멸막 밖에 내리는 빗속에 두 짐승이 한 덩어리가 되어 움직인다. 바우는 다시 불붙는 아궁이 앞으로 돌아와서 몸에 착 붙은 삼베옷을 벗었다. 그는 불이 붙는 아궁이 앞에 서고 송화는 흙벽에 비친 불그림자 앞에 서서 마주본다. 둘은 바우의 저고리, 바지 한 끝을 몰아쥐고 새끼처럼 꼬아 비틀었다. 두 알몸 사이에 물이 죽 흘렀다. 아궁이에서 나는 연기와 송화 옷에서 나는 김이 멸막에 후텁지근하게 찼다. 물고기처럼 팽팽한 두 몸이 가까워지며 아스스 떨었다.

바우는 젖은 옷으로 얼굴과 몸을 닦고 다시 바다를 내다본다. 황소가 바닷가를 떠나 멸막을 향해 천천히 움직인다. 떨어진 짐승 사이에 고기잡이가 서 있었다. 고기잡이는 귀를 세운 개처럼 멈추었다가 짐승을 따라 멸막을 향해 올라온다.

바우는 얼른 돌아서서 송화에게 주의시켰다. 송화는 재빨리 솥 위의 옷을 주워 입는다. 바우는 물에 젖은 바지가 붙어서 가랑이가 얼른 안 찾아졌다. 옷을 다 입은 송화는 황소에게 달려간다. 바우도 뒤따라 나가 암소의 고삐를 힘껏 끌어당겼다. 뛰다가 송화를 뒤에 떨어뜨린 것을 깨닫고 되돌아갔다. 송화는 황소의 뒤에서 기를 쓰며 뛴다. 낯선 고기잡이는 고함을 치며 쫓아온다.

"저 새끼들은 부모도 없나!"

고기잡이는 망태를 어깨에 걸치고 손에 오징어 갈쿠리

를 들고 있다. 멸막의 임자인 듯싶다.

갈쿠리를 휘두르며 고기잡이는 송화를 잡으려 한다.

"남의 집에 불을 때고, 여기서 뭣 했노!"

다시 소리친다.

송화는 몸을 오그리고 황소 옆구리에 달라붙었다. 황소는 낯선 고기잡이에게 돌아서며 뿔을 낮춘다. 고기잡이는 위협하는 짐승을 피하여 삐딱 걸음으로 송화를 향해 소리 지른다. 송화는 고삐를 꼭 잡고 파도 거품을 밟으며 달아났다. 바우도 달아났다. 고기잡이는 소리친다.

"고기 그물로 너이 두 놈을 모조리 잡을 기다!"

둘은 서산 쪽으로 빠져 나왔다. 풀밭을 보자 짐승들은 걸음을 멈추었다. 바우와 송화도 머리를 숙이고 빗방울이 맺힌 풀잎에 자기들도 풀을 뜯는 것처럼 소와 함께 멈추었다.

송화는 바우를 떠나 노란 호박꽃이 핀 논두렁을 가면서 한 번도 바우를 쳐다보지 않았다. 바우는 소를 몰고 와 주어서 고맙다는 말을 송화에게 하고 싶었지만, 먼 옛날, 무서운 꿈을 꾸고 난 것만 같아서 도무지 말이 안 나왔다. 바우는 풀을 뜯는 소 옆에 우두커니 서 있었다. 새 풀이 자란 이곳에서 씨값을 잃어버렸던 것이다.

The Wedding Shoes

But I came again and again to watch the silk brocade shoes set on a stool before the old man at the market. My previous decision not to come any more made me stand longer each time on the market corner. Each day I returned, one more pair of wedding shoes was missing; yet I had never seen anyone stop even to look. Those buyers must have come like my memory of a wedding day that was not meant to be sad but was sad. Now on his wooden stool there remained only five pairs. They seemed to contain the whole emptiness of the refugee-crowded market. I would have emptied my money bag for a single pair before they all went away, yet I was still afraid I might buy sorrow instead of wedding shoes.

Between the late-autumn vegetable-mongers and a fortune-teller who talked to lonely, superstitious faces, sat the shoemaker. On the day I first had discovered the old man in the market, I had been looking for new rice, the round full kernels, when suddenly I saw him I went closer but stooped as soon as I recognized him, the shoemaker who had lived one fence behind my home before I came to Pusan. It was obvious he had fled from the war area, perhaps with the shoes on his back. My mind shrank immediately, and bitterness poured out. I repeated aloud the old, spiteful words, "Even a three village fire does not hurt one when he imagines the burning of three year old bed bugs that gnawed him."

How often my fists had closed tight, holding bitterness and sadness when I thought about that shoemaker—that mouth that had refused my proposal for his daughter in marriage and had even bragged about his trade and insulted the butcher's trade of my family. I might have nodded to the shoemaker's wife. Not to the old shoemaker. Never!

That day when I had gone over to his home to open the marriage talk remained always closer to me than yesterday. It always cast a clear shadow before me as if I watched a mirrored picture in the river. No matter where I went, that picture always walked ahead. It was the day after an unexpected storm. The air was clear and rich, leaving dreamy blue distance between the four hills and the sky. The thatched roofs of the village glistened young and smooth, for the farmers had recovered the wrinkled faces of their roofs with golden rice straw. Early, before the noisy sparrows that nested under our eaves could have flown to the harvest field, my father had left for the Pusan market to buy a beef cow. That morning, several farmers had come to our home saying they would need ribs of beef, veal, head parts of cow for their children's wedding days. I had heard their light-hearted voices rolling on loud as if they were talking to someone across the fields. Each praised the match and home chosen for his son or daughter, mentioning every pleasing thing that might have come from the lips of the matchmaker.

"Grasshopper mating time follows ours, you know," and older farmer said. "The new rice and the pleasant chilliness pull two together under the one quilt. The wedding food will not spoil. The whole valley will come to the banquet, and then over the autumn, moon-lit hills, they will go home singing, using their full-rounded stomachs as drums to tap on, blessing our brides and bridegrooms."

They talked on till wine-time when they the sun was half way between the hills and the sky. Then, leaving, they noticed the large pumpkins on the shoemaker's roof beyond our fence and spoke in praise: "Those are so heavy the roof may fall in." Having had no new coating of straw for several years, the roof looked grey-dark and too flimsy to support the pumpkins.

One farmer said to another, "When we were as

young as green pepper days, we thought we could not marry without the shoemaker's silk brocade shoes. Don't you think our children are smarter than we were? They laugh at such expensive customs and tell us to buy beef instead."

My home was quiet again. My mother said, "I wish they had not talked so loud." And, it was true, as often as the farmers came to our house and told of the ripening talks for their children, just so often the shoemaker came home drunk at night and kept half the village awake. I could see why he had grown bitter and hurt, for few visited him to place orders for shoes. I could remember in my own green pepper days, or even just several autumns ago, the farmers would go first to place their orders for wedding shoes. It was to the shoemaker they told everything the matchmakers had said, forgetting to leave until their tobacco ran out. Only afterward would they call over the fence to tell us how much beef they wanted. Later, the village women would go to the shoemaker's to ask who had ordered wedding shoes and about all the other things he had heard. For the shoemaker knew the inside and the outside of everything as his work concerned village social life.

My mother would draw out a long sigh, an envious sigh, as she awaited customers, and say, "The shoemaker's threshold is being worn out by the people's feet." But that was long ago. Each year fewer farmers visited even over the fence. Instead, they came to our house to tell of their marriages and to buy beef.

I do not know what made me decide that day to go courting. Perhaps it was the pleasantly chilly autumn wind through the red, dusky maple; perhaps it was the color of the sky; perhaps it was the echoes of my heart to others' marriage talks; perhaps every thread of that colorful day might have moved my long-timid feet toward that house.

It was so near that a village woman might point a stranger to my house by saying, "If you fell on the shoemaker's yard, your nose would hit the butcher's house." Whenever I thought about proposing, however, the shoemaker's house receded many hills beyond. So my mind had crossed many hills, many a year, but finally that afternoon it had reached close to its destination.

I did not expect the shoemaker's daughter to be at home, for I knew she had gone to work in the kitchen of a relative. The shoemaker was out, too, but his wife was taking stems off red peppers, and she greeted me at the porch. At first, I thought, I must talk of something else on the way to my heart. But I felt my throat become narrower, and the words would not come out. Her hollow cheek as it faced the autumn sun held the sadness I had seen there whenever money lenders stood at her gateway. At last, I had to say that I did not come for the money they owed us; then there was nothing else I could say.

After what seemed an eternity of embarrassment,

I blurted out, "I want to marry your daughter!" I could not look at her. I heard her saying that she would consult her husband. Then I looked, stealthily. Her face clearly showed a pleased acceptance. I don't remember what else she said. When I left, I felt I had left my eyes behind watching every expression on the happy face of the shoemaker's wife.

At home when I told my mother about my visit, she said confidently, "The shoemaker will be so glad to welcome a prospective son-in-law that the next time you visit him he may put both his legs into one leg of his wide trousers."

That night I could not sleep. I went in and out of my room many times to see whether the shoemaker had returned. Amid the fallen leaves in the frosting yard and the crickets, I waited for his footfalls that would presage the brightest moment of my life.

The stars glistened so close to the hills that the flying kites might be able to reach them, I thought. I could think of nothing that might prevent my marriage. If two cousins had been as friendly as the shoe-maker's family and ours had been, they would have been called "closest cousins." The gourds that grew on the dividing fence were always shared without a quarrel. My father had been selling the shoemaker ox hides ever since I could remember. Of late, as he was very proud, his wife would come to us asking that we sell her hides and promising to pay the following month. We knew they could not pay, but we would let her have a piece large enough for two pairs of shoes. So now, whenever his material ran out, the shoemaker would come home late at night, singing a happy song in the saddest of tones, and with his bitter, drunken remarks awake the neighbors. His wife, by chance meeting my parents on the road, would hasten to bring up some startling piece of gossip, then hurry away. We knew she was trying to divert our minds, so we never mentioned money.

The shoemaker had always liked me. When I was

not higher than the fence, he would make room for his daughter and me to sit in a corner of his work-room, putting aside his small adze, chisel, and nails. I was fascinated as I watched him stud the round silver nails in the hide bottoms, paste bright colored silk on the upturned sides, then put brocade of a matching color on the nose of the shoes. He once said to me, "When you grow up to marry, I'll make the most beautiful wedding shoes for you, for your bride, and for the matchmaker."

Again one day, he looked at my face, then glanced at his daughter, and called my name. "Sang Do, you have a clean, handsome face. Your matchmak-er won't wear out her shoes, going to your future bride's home so often to ripen the marriage talk. But—the bride's parents want a matchmaker to talk for them. They silvery tongue pleases them, you know." His eyes were lowered toward the shoes, but his mouth, slightly smiling, faced toward me. I felt the magic of his twisted mouth-the mouth that always opened to talk about brides, bridegrooms, their parents, and the go-between women. In those days he had made a living by making at least three pairs of shoes each month, one each for the bridal couple and one for the matchmaker.

His daughter and I later went to school together across two hills. He let her wear silk brocade shoes, even to school. Often she did not want to wear them, for she was the only girl who did, and she could not run as fast as the other girls.

With his bamboo pipe in his mouth, holding out a pair of shoes toward me, he asked, "Sang Do, don't you think the sky blue silk and red brocade are beautiful? Don't you like my daughter more if she wears these shoes?"

I nodded to him, with honesty. I did not see any advantage in being born a girl except for one thing- to wear silk brocade shoes.

The village women talked about the Buddha mole between her eyebrows, the dimples in her cheek that would attract boys, but as far as I was concerned, I never thought about her face. I loved her shoes that others did not have. With them, to prevent chafing, she wore white muslin socks, and on the narrow path to the school, I often walked a step behind, watching the line between the white socks and the canoe-shaped shoes. The line always gave me the feeling that I was taking the sweetest nap. When on days after rain the water rippled across the lower path, I would cross, carrying her on my back, using all my strength not to fall. She would cling to my back a green frog, and how I loved those shoes dangling on either side of my waist.

As I advanced in the elementary grades, I seldom watched the shoemaker any more. The outdoors interested me more, and besides, he talked very little about weddings now. His mouth remained glued tight even when I asked whose shoes he was making. Somehow that twisted mouth looked unbearably bitter and unapproachable. I was surprised one day when it unfastened abruptly. "Nowadays," he said, "it is more like grasshoppers mating. Hasty marriages without putting on wedding shoes. It's worker's shoes, western shoes, rubber shoes. I would rather have my daughter wear silk brocade shoes for one day than rubber shoes for a hundred days."

I then realized he was making shoes without orders for them. My eyes stared at the insteps, then I forgot what I was looking at. The unfinished shoe seemed to float away as it became larger until it looked like an ownerless boat on an unchartered sea. I could not understand why the farmers did not covet such a beautiful thing. As I watched the blood vessel swell in the shoemaker's neck, he continued, "They think they can but three pairs of rubber shoes with the money they would pay for one of mine. But I would not trade one of mine for a hundred of theirs."

Young though I was, I knew he was getting poor. In autumn he did not even patch his roof, where it might leak the next summer. When his daughter came to buy beef with too little money, how much I would wish that my father might give her a generous amount. He always did. When in late summer the alarm of a coming typhoon startled us, the wife and daughter came to our home for overnight, bringing with them a carefully wrapped bundle of silk brocade shoes. They feared the roof might blow off.

I did not realize, though, how hopeless the situation was until one spring day when his daughter told me that she would quit school and become a kitchen maid. I begged her to reconsider, promising that I would steal beef from my house to give to her if she would not leave, but that did not prevent her going. She stayed at the Tile-Roofed House earning her three meals a day.

On my way home from school, I would walk by the house, but I could not go inside. I would stand on my toes and stretch my neck trying to see her through the space between the end of the house and the sorghum hedge. I was not tall enough, especially when the hard rains washed the road down as deep as a creek. Only when she came out, could I get a glimpse of her—of her full skirt—her brocade shoes. How beautiful they were—the shoes which stayed longer in the air than they did on the ground. I felt as if the Tile-Roofed House was taking away my wedding shoes.

All that spring, while the green frogs sang in the rice field, I went every day to see the moving shoes. Soon, however, the double-chinned farmer of the house found me peeping into his yard, and he planted a cherry tree to fill the space where I had stood. Word got around as quickly as the light of the kerosene lamps after sunset in the village homes, and every man smiled at me without saying a word. Vehemently, the shoemaker said to me, "Sang Do, I won't lower the price. I'll let her wear them even in the other's kitchen and when she marries I'll let her take all the shoes with her."

The wedding day he mentioned seemed remote, far beyond many mountains. I thought with despair how many straw shoes I would have to wear out to reach my wedding day. The shoemaker raised my chin with his stubby thumb, and looking into my eyes hopefully, said, "Perhaps next autumn, some wedding homes will buy shoes. Then she will be able to return."

Since that spring the cherry tree had borne ripe round fruit five times. Still she did not come back but worked on in another's kitchen. And now, on the night after I had made my marriage talk, I decided that before the snow came I would take a big hide of ox to the shoemaker for him to make the most beautiful shoes for his daughter. On the wedding day, my home would spread the white homespun linen for the shoes to walk on, as some do in a marriage between one-fence neighbors, instead of hiring sedan chairs.

The autumn night had deepened with the stillness, and I had walked I do not know how many times around the freezing yard, before I heard the hoarse, drunken voice of the shoemaker. He was putting his own words to a popular tune: "A farmer greeted me: it is a fine autumn day; how are your pumpkins growing, shoemaker?"

Soon a light brightened the square paper window, and a shadow moved across it. The shoemaker's wife had gotten up, I thought, to meet her husband. I shivered a bit. I went out and leaned over the fence, pressing my chest against in to hear the wedding talk she would surely bring to him. In my impatience I walked back a few steps, then back and forth to lean on the fence. At last I heard quarreling voices. The paper window was flung open as if by a wind. And the angry words flew out. "I won't give my daughter to a butcher's home."

I could not trust my ears to believe until I heard further. "Because I owe money to you butchers, did you think you could get my daughter so easily as a widower takes a servant girl? Butchers would not know that there is a matchmaker. She is the daughter of the finest silk brocade shoemaker within ten mountains."

The words came to me like round flower bowls falling one on another. His wife said something frantically, but her voice was drowned out by his cracking tones. The window was closed swiftly, his voice, however, being still loud enough for me to hear, as he said, "The flattering that comes under the tongue to get more pieces of beef have made the butcher's mind big. I am the wedding shoemaker!"

The next thing I remember is my mother standing beside me gripping my wrist and gasping, "What are you trying to do?" I found myself trembling at the gateway holding a butcher knife in my hand.

My mother snatched the knife away from me. I did not expect such strength from her. The tone of her voice was surprisingly severe. "You should not scratch others even with your fingernail. What would the people think of us butchers?"

Something clawed my insides and flattened my chest and stomach. I bit my own arm to forget that deep agony, but that did not lesson it. Then I knew it was pain that neither tomorrow nor the next day could ease. I slapped the earth and cried.

For many days I stayed in my room and avoided the sunshine as might an unmarried girl who was pregnant. When the sun was as low as the hill, I would walk up the nearest rise and bury my face in the golden foxtails and wonder how I was not crushed by such a mountain of sorrow.

Many people crossed the hill. Old Women's feet looked heavier than others, some in soiled grey ox-hide shoes. The sight of the shapeless shoes sickened me. I did not notice at first that they had once been silk brocade ones. They moved as heavy as my heart.

The autumn crossed the hills and went farther.

Not even in the brightest field, nor on the four hills, could I see autumn. One day when no one would be surprised if snow came, I saw the matchmaker go into the shoemaker's house. My heart was past sinking lower. One thing, however, I feared : I could not endure to see the shoemaker's wife come to buy beef for her daughter's wedding and perhaps ask for a piece of hide for the shoes.

My mother knew all the anxiety of my soul, and my father knew half. He arranged to send me to the Pusan butcher market, where I was to work with my uncle. My parents hoped that outside the valley I would become calm and change my directions with the wind, and tried to tell me that there were girls everywhere. My father did not say these things to me directly, but when I left for Pusan—a short winter's day walking distance—he said with provocative vagueness: "Chase the spring wind with city girls. Then your mind won't be fixed on one girl."

Spring did come to Pusan, after winter, with soft

peppery winds from the East Sea. It blew the skirts of the city girls in every direction-but I did not chase the spring wind with city girls. Somehow my mind was always chasing wedding shoes-the beautiful ones my childhood had dreamed of when I had watched in the shoemaker's workroom. Strangely, I did not picture the future bride, who now belonged to the past. She and her shoes never faced me. I was always behind her, watching the backs of the silk brocade shoes and white muslin socks with a canoe shaped line around her feet. Whenever my mind followed, they crossed hill after hill as if destined to move away from me.

I could not stop chasing the wedding shoes until one day the war came into Pusan. My parents fled from their valley home and came to the city to live with me. People poured into the city; with no invitation, they were guests of no house, but guests of the dusty street; road guests, they called themselves. As they could not, of course, feed their oxen, they sold them to the butchers for a dog's price. The paper money of inflation piled up in my pockets like leaves, without adding to my joy. It did not even occur to me that I was thinking about the brocade shoes no longer.

Summer passed, leaving no memory behind. I did not notice autumn till it had almost gone. Somewhere within me, the fleeting shadow of southward birds moved over the cropped fields. I wandered in the market, vaguely looking for new rice. Then it was that suddenly my eyes fell on the wooden stool with the silk brocade shoes upon it. The nose of the shoes faced me, watching. I do not know why I went closer-only to fill my mind again with anger and bitterness. My impulse was to take all the shoes and fill them with money to show my wealth, but four or five steps before the stool, I stopped. So many wrinkles had gathered in the face of the shoemaker that his twisted mouth looked like a tallowless wick. That mouth would not open any more to brag. I stayed to see who would buy his shoes. No one even looked at them, except the market hangers-on who ask the price of everything. One of them shouted: "Charging sky-high price for behind-the-time shoes! Old man, you are asleep, scratching another's leg instead of your own itching one."

He remained sitting with unbending back, unmindful of their taunts. The front of his stomach looked as if it touched his back.

As his piles of shoes began slowly to diminish, I came again and again to look. The sharp feeling against him was receding farther and farther as his wares dwindled. Instead, sadness rose in me and rose again. As the days grew cold, the twisted mouth opened to draw out coughs without white breath. I wondered what would become of him when all his shoes were sold. In my mind, the coughing mouth would blur into one that had once been opened with smiles over his own wedding talks in his own warm workroom. How light the wedding shoes looked, I would think.

Then I would grow aware of the noises of the market and walk with the crowd: every kind of shoes-straw shoes, hob-nailed shoes. All looked so heavy. It may be that the weight is determined by the wearers. There was nothing, nothing left in this land, not even the one day of joy, the joy that would fill the mouth of the wedding shoes.

Sometimes I hoped he would recognize me. Then I would have a chance to ask him what had become of his wife and daughter. He did not notice me, however. At least, there never was a sign of recognition in his unblinking eyes, and I could not speak first. I did want to possess a pair of his shoes before all went to strangers. But I was afraid I might buy wedding shoes that were not wedding shoes. I watched his merchandise with the intensity of one who sees a night road ahead just before the moon hides behind the black clouds.

When I saw only three pairs left, I did not come

any more. It was unbearable to watch the shoes whose brocaded noses faced me and know they would soon go away, leaving the memory of their backs.

The first snow came early. The foot marks on the road touched me as if the silk brocaded shoes had gone that way, the finest silk getting wet. Then I realized that the snow could actually be wetting the silk. I hurried back to the market, hoping the shoemaker had not brought his shoes this afternoon and at the same time hoping he had. I could hear my heart beat as I came near the market corner. Two pairs on the stool under a black umbrella faced me. I was glad, holding a joy in my two fists as tight as possible.

I did not see the shoemaker. Someone else was there—a yellow blanket over her drooping shoulders and her dark hair fluffed with snow. She was holding the umbrella over the shoes, rather than over herself. Was she the wife of the shoemaker? At first

I was not sure; she had so greatly changed, but later I knew her. The snow was falling slantwise. I wished she would wrap the shoes and take them home. I did not know why she did not.

A man wearing a Western style coat and wide Korean trousers stopped and looked through his eye glasses as he spoke to the old woman. As he was fishing in his pocket, I walked up, taking all the money I could hold in my hand, and putting it down in front of her, I said, "Here-let me buy the shoes."

The man was perhaps one who ran an antique shop or sold souvenirs, and he gave me an unhappy look. His anger might have been visible had it not been for the fluffs of snow that misted his glasses. He left, talking to himself.

She dropped the yellow blanket and pulled her head back as if my money were counterfeit and I was trying to deceive an old woman. Her grey eyes were tired, sorrowfully indifferent, like the wintry road that could not hold more shadows. I hastened to say, "I am Sang Do. Where is your husband?"

For a moment she looked at me absently, then her lips quivered violently and showed her toothless gums. I heard her crying without voice, a hoarse sound like the winter wind. I knew then a hopeless thing had happened, for I had seen the same manner of crying from old women who had lost their dear ones. I picked up the umbrella she had dropped and held it over the shoes. The flakes of snow fell at the line of the shoes. The old woman took each shoe reverently, wiped the snow from it, then placed it on a newspaper with one over the other and wrapped them carefully.

"He did not want to sell them to strangers," she said, "at rubber-she prices. But I chased him out from the refugee quarters every morning. He would lower the price on just one pair for two or three days. Then I nagged him again to sell. When only two pairs were left, he was stubborn as a child. He would come out to the market but always come back with two pairs-until-the cold, empty stomach⋯⋯."

She did not finish her words. I did not know whether it was the snow or something else that ran down her cheeks. Then with sudden ease, she resumed. "He died in front of the silk brocade shoes. I know that was all he wanted."

She looked for a moment at the paper money I had put down on the stool before, then handed the wrapped parcel to me as she added, "With this money, I can give him a decent burial."

My hands did not move to take the parcel. I felt as if I would be taking it from the shoemaker's hand that sill held it as tightly as a sleeping child holds a willow whistle. I shook my head and said, "Keep the shoes for your daughter."

For a moment I wondered whether her daughter had married or not, then I realized it no longer mattered. She was now the owner of the silk brocade shoes. I just wished she might be alive somewhere to receive them. I folded the yellow blanket, pushed the money inside, and put it over the bundle of shoes. When I had placed them in the arms of the old woman, she held them all close for a moment, then walked out bending her head slightly as if carrying a baby.

"My daughter," she said, "is dead. She was killed last summer in the bombardment."

Ah, but I already knew. I had already felt this death in my heart. Opening the umbrella, I followed her a few steps behind, stretching my arm forward to shelter her. Someone behind us shouted, "There is a good place. Someone is moving out, leaving a wooden stool!"

Outside the market, the wind blew up snow. I brought the umbrella back to a half-open position so that the wind would not take it away, and followed, hoping she would not fall with the silk brocade shoes.

밤배 고동소리로 오는 감동

해설 서종택(소설가, 고려대 명예교수)

김용익의 소설은 그가 도달한 문학적 성취에 합당한 평판을 받지 못했다. 한국 현대문학사는 그를 소홀했거나 지나쳤다. 그의 소설이 먼 이국에서 영어로 먼저 발표되었다는 점도 그 이유의 하나가 되겠지만, 이는 자신이 거주하는 곳의 언어로 쓸 수밖에 없었던 일본의 김달수나 이회성, 러시아의 아나톨리 김 같은 재외 한인작가들과도 다른 상황이었고, 언어 문제에 국한해서 볼 때 그는 미국의 강용흘, 김은국이나 독일의 이미륵과 가깝다. 그는 미국 이민 2세도 아니었고 한국에서 미국에 건너간 유학생이자 영문학자였다. 그는 번역·개작 과정을 거쳐 같은 작품을 두 번 발표한 셈인데, 이 때문에 발생한 그의 문학적 범주가 영문학이냐 한국문학이냐에 대한 논의는 언어 귀속주의에 얽매인 문학사의 다소 원론적인 쟁점에 불과할 것이다.

1920년 통영에서 태어난 그는 도쿄 아오야마 대학 영문과를 졸업하고 1948년 도미, 플로리다와 켄터키에 유학 중 고국의 전쟁 소식을 접한다. 1958년 귀국한 그가 겪은 전쟁 체험이란 전쟁의 상흔이 남아 있던 50년대 후반의 어지러운 한국 사회의 모습에서였고, 이후 한국의 대학에 재직하던 중 군사정권이 들어서고 베트남전쟁이 진행 중이던 1972년에 다시 미국으로 옮겨갔다.

미국에서의 그의 데뷔작품 'The Wedding Shoes' (Harper's Bazzar, 1956)가 한국에 발표된 것은 그로부터 7년 후('꽃신', 현대문학, 1963)였다. 김용익의 이러한 이력은 그의 소설적 공간이나 주제를 설명, 변호해 주는 단서가 될 것이다. 그의 작품들은 이즈음 주로 미국에서 주목받았고 각국에 소개되었다. 'The Happy Days', 'The Diving Gourd', 'The Blue In The Seed', 'The Sea Girl'은 미국 외에 영국, 서독, 덴마크, 뉴질랜드, 인도, 오스트리아 등지에서 최우수도서 청소년도서 등으로 교과서에 수록되었으며, 'The Wedding Shoes'는 TV드라마, 영화, 발레 등으로 여러 나라에 소개되었고, 'From Bellow The Bridge'와 'The Village Wine'은 발표 당년의 외국인이 쓴 미국 최우수 단편으로 선정되기도 하였다.

김용익 소설의 시간적 배경은 상당 부분 한국전쟁과 연루되어 있으며 "어린 시절의 시적 영감을 주던 통영"을 자신의 "작가적 영토"라 하였다. 그의 소설은 전란의 한국 사회나 도시, 향토색 짙은 농어촌을 시공간으로 하고 있다. 데뷔작 '꽃신'은 이러한 작가의 문학적 성향이 어우러진 작품이다. 작중화자 "나"(상도)는 어느 날 피난지 장터에서 낯익은 신장수 노인을 발견한다. 그의 딸은 늘 아비가 만들어 준 꽃신을 신고 다녔는데 "달콤한 낮잠을 자고 있는 듯 혹은 공중에 떠 춤을 추는 듯하던" 그 꽃신의 환영을 "나"는 잊지 못한다. "나"는 신집 딸을 좋아하지만 백정의 자식이라는 이유로 청혼을 거절당하고, 다만 손님이 끊겨 망해 가는 신집에 쇠가죽을 그나마 외상으로 대주며 기회를 노릴 뿐이었다. 꽃신 한 켤레면 고무신 백 켤레와도 안 바꾼다는 노인의 고집을 세상 사람들은 비웃지만 그 꽃신의 아름다움을 알기 때문에 "나"는 더욱 슬프다. 꽃신은 작중의 "나"가 세계에 대해 가지고 있는 욕망과 그리움의 구체적 상징물이다. 꽃신만을 고집하는 노인의 집착은 자신의 심미적 가치가 이미 속물적 세계의 힘에 의해 무너져 가고 있다는 사실에 대한 역설이기도 하다. "퇴물인 꽃신을 가지고 하늘값을 부르는" 노인은 결국 죽고, "나"는 신집 딸을 위해 신발값을 지불하지만, "결혼 신발이 아닌 슬픔을 사고 만 것"이다. 노인이 지키고자 한 것은 사라져 가는 것, 밀려나는 것에 대한 집착과 욕망이었고, 은유적 사물로서의 꽃신은 우리가 추구해야 할 지고지순한 어떤 가치나 이념임을 암시해 주고 있다.

'동네술'은 전황이 국군 쪽으로 기울고 있는지 인민군 편으로 기울어 있는지가 분간 안 되던 때 동네 사람들의 희극적 정황의 비극적 결말을 보여 준다. 결구에서의 반전은 소설적 기법이 아니라 현실의 재현이다. 동네 사람들의 성향을 탐지하던 방법으로 자주 사용하곤 했던 당시의 유치한 게임에 읍장이 걸려든 것이다. 인민군과 국군을 뒤바꿔 말해 버린 실수로 읍장이 마지막으로 원했던 "막걸리 한 잔"은 우스꽝스러운 세계에 대한 갈증의 표현이다. 작가는 또한 이러한 비극적 정황을 "막걸리 한 잔"의 무게에 대비시킴으로써 세계를 야유하고 있으며 사태의 심각성마저 무화시키고 있다

'서커스타운에서 온 병정'은 인정 많고 허풍 좋은 한 미군 병사의 맹아원 아이들에 대한 깊은 인간애를 담고 있다. 그가 들려준 "지상 최대의 서커스타운"인 고향의 '클라운(clown;어릿광대, 익살꾼)' 얘기는 사실은 자신의 얘기가 되고 말았다. 서커스타운 이야기를 들려줄 때마다

아이들은 그를 '크라운(crown)아저씨'라 불렀고 자신은 그때마다 '클라운(clown)'으로 발음을 고쳐 주었던 것이다. 이 작품에 구사된 언어적 아이러니는 재미있고 진지하다. 한 이국 병사가 전란의 맹아학교에 남기고 간 인간적 '허풍'에 작중 화자는 '왕관'을 씌워 준 것이다.

'씨값'은 본능에의 신비가 짙은 토속성과 어우러져 김용익 단편의 완성도의 한 전범을 보여 준다. 생명의 탄생에 대한 바우의 호기심은 같은 또래의 송화와 "무서운 꿈을 꾸고 난 것 같은" 한바탕 소동을 체험하면서 구체화 된다. 바우와 송화의 젖은 알몸을 묘사하는 데로 모아진 결구는 멸막 밖에서 벌어지고 있는 두 마리 짐승의 교합과 대칭을 이루고 있다. 그러나 그것은 추하거나 아름다운 어떤 것도 아닌, 다만 그들의 공포와 신비의 공간이다. 이들은 자신도 모르는 사이, 아마 생애 처음으로 존재의 가장 내밀한 곳을 열어 보인 것이다. 그 결정적인 행위인 발가벗기에서 바우와 송화는 "새끼처럼" 꼬아진 서로의 존재가 교통하는 상태를 체험한다. 원초적이고 본능적이고 무의식적인 이 의식에서 아이들은 밖에서 벌어지고 있는 두 마리 짐승의 의식을 예행하고 있는 것이다. 아이들이 느낀 막연한 죄의식은 자신들이 이미 금기의 세계 속으로 진입하고 있음을 의식한 행위이다. 금기가 죄라고 느끼는 것은 거기에 진입하기 이전의 상태에서는 일종의 신성일 수밖에 없다. 바우와 송화는 이 신성 앞에서 불안한 전율을 체험한 것이다.

'밤배'가 보여 준 화해는 감동적이다. 아버지는 이제 "뭐든지 네가 좋다는 대로 하자"고 말하고 작중 화자는 "어머니처럼" 변해 버린 아버지가 그래서 더욱 슬프다. 아들의 붓글씨를 붙여 놓은 채 밤배 고동소리에 귀를 기울이는 아버지는 이미 "한평생 쌀 한줌 벌어보지 못한 손재주"라고 소리치던 모습이 아니었다. '나'의 슬픔은 세월의 변화에도 마모되지 않은 부정에 있는 것이 아니라 아버지가 '나'에게 가했던 강제성을 순종으로 변하게 만들어 버린 시간의 거대한 힘 때문이었다.

'꽃신', '변천', '동네술', '겨울의 사랑', '서커스타운에서 온 병정', '번역사 사장' 등 일련의 작품들은 소위 '전후소설'이라는 이름의 기왕의 다른 작가들의 성향과는 또 다른 면에서 전후의 한국 사회를 잘 묘사해 보이고 있다. 이동해 가는 사회 안에서의 인간과 사물에 관한 정서나

의식의 변화는 그의 소설에서 탁월한 문학적 성취를 보이고 있다. 이는 '전쟁 속'의 인간보다는 전쟁 속의 '인간'의 모습을 그려 보임으로써 전쟁이라는 특수 체험이 어떻게 삶의 본질과 형상에 간섭하는가를 잘 보여준 단편 미학의 고전이었다.

김용익의 소설은 향토성과 세계성이 만나는 문학사의 보기 드문 사례이다. 아련한 그리움의 정서와 현실과의 대결에서 마침내 맛보게 되는 그득한 상실감…… 그 한국적 향수와 페이소스는 사라져 가는 '꽃신'의 환영처럼 애처롭고 '밤배' 고동소리로 크게 울린다.●

작가 연보

김용익은 1920년 경상남도 통영에서 통영읍장의 차남으로
태어나 통영에서 국민학교를 마치고 진주에서 중학교,
서울에서 고등학교를 다녔다.
영문학을 공부하기 위해 1939년 일본 도쿄 아오야마 학원
(현 아오야마 가쿠인 대학)에 입학했다.
한국으로 돌아와 1946년부터 1948년까지 부산대 영문학과
전임강사 생활을 했다.
1948년 미국으로 건너가 플로리다 서던 대학(Florida
Southern College), 켄터키 대학(University of Kentucky)을
거치며 학사와 석사 학위를 받고 아이오와 대학(University
of Iowa)에서 문예창작 박사 과정을 밟았다.
수많은 습작과 투고의 시간을 지나 1956년 매거진
<하퍼스 바자(Harper's Bazaar)>에 'The Wedding Shoes'
발표로 작품 활동을 시작, 같은 해 이탈리아의 글로벌 매거진
<보테게 오스크레(Botteghe Oscure)>에
'Love in Winter'를 게재했다.
1958년 'The Seed Money'를 뉴요커(The New Yorker)에
발표하고, 작품을 꾸준히 창작하며 1959년 'The Sea Girl',
1963년 'From Here You Can see the Moon'와
'They Won't Crack It Open', 1964년 'Blue in the Seed',
1976년 'Village Wine'이 1978년 'Spring Day, Great
Fortune' 등의 작품을 잡지와 단행본에 게재한다.
1958년부터 수년간 한국에 머무르며 고려대와 이화여대에서
강의하고 1965년 미국으로 이주하여 웨스턴 일리노이 대학
(Western Illinois University), 록헤븐 주립대학(Lockhaven

State College), UC버클리(University of California, Berkeley), 듀케인 대학(Duquesne University)에서 영문학과 소설창작 강의를 했다.

1960년 펴낸 소설집 <The Happy Days>는 미국도서관협회에서 선정하는 올해의 우수 청소년도서와 뉴욕타임스 선정 올해의 우수 도서로 뽑혔으며 영국, 독일, 덴마크, 뉴질랜드 등에서도 출판되었다.

<Blue in the Seed>는 1966년 독일에서 우수 도서에 선정되었고 덴마크 교과서에 수록되고 1967년에는 오스트리아 정부 문화상(어린이 청소년 문학 부문) 등을 수상했다. 'The Wedding Shoes', 'Blue in the Seed', 'The Seed Money' 등의 작품은 연극, 발레, 영화, 드라마 등으로 제작되어 공연되었다.

1976년 미국 정부 문학지원금 소설부분 수혜자로 뽑히고 'Village Wine'이 미국 최우수 단편으로 선정된다.

1978년 'The Sea Girl'은 미국 중고등학교 교과서에 실렸다.

1990년 한국문인협회에서 주관하는 제1회 해외 한국 문학상, 제7회 충무시 문화상을 수상한다.

1995년 고려대 초빙교수로 한국에 돌아와 머물던 중 지병으로 쓰러져 별세, 그가 남긴 숱한 문학 작품의 배경이 된 고향 통영 선영에 묻혔다.

도서출판 남해의봄날.
봄날이 사랑한 작가 02

글과 그림, 사진과 음악 등 그들만의
언어로 세상을 밝게 비추는 사람들이
있습니다. 숨겨진 작품들 혹은
빛나는 이야기를 가졌지만 세상에
잘 알려지지 않은 작가들의 이야기를
다양한 시선으로 소개합니다.

김용익 소설집1
꽃신

초판 1쇄 펴낸날
2018년 11월 30일
초판 2쇄 펴낸날
2020년 11월 20일

지은이   김용익
편집인   장혜원, 박소희, 천혜란
마케팅   김하석, 원숙영
디자인   타입페이지
종이와 인쇄   미래상상
펴낸이   정은영편집인
펴낸곳   남해의봄날
경상남도 통영시 봉수1길 12, 1층
전화 055-646-0512
팩스 055-646-0513
이메일 books@namhaebomnal.com
페이스북 /namhaebomnal
인스타그램 @namhaebomnal
블로그 blog.naver.com/namhaebomnal

ISBN 979-11-85823-35-5 03810
© 2018 김용익
*저작권자와 연락이 닿지 않아 유족과
 상의하여 출판했음을 밝힙니다.

남해의봄날에서 펴낸 서른여섯 번째 책을
구입해 주시고, 읽어 주신 독자 여러분께
감사의 마음을 전합니다. 파본이나 잘못
만들어진 책은 구입하신 곳에서 교환해
드리며 책을 읽은 후 소감이나 의견을
보내주시면 소중히 받고, 새기겠습니다.
고맙습니다.